2
なるのるな
ILL 霜月えいと
JN002937
狂戦士なモブ、
無自覚に本編を破壊する

～吉兆と凶兆～
シルメス
「悲劇の聖女」となるはずが、
アルのせいで生還

シグネ
年端もいかぬ少女
ナイナに“何が”を
指示しているようだが…？
ナイナ
どこかで見覚えがある(？)
魔族の少女

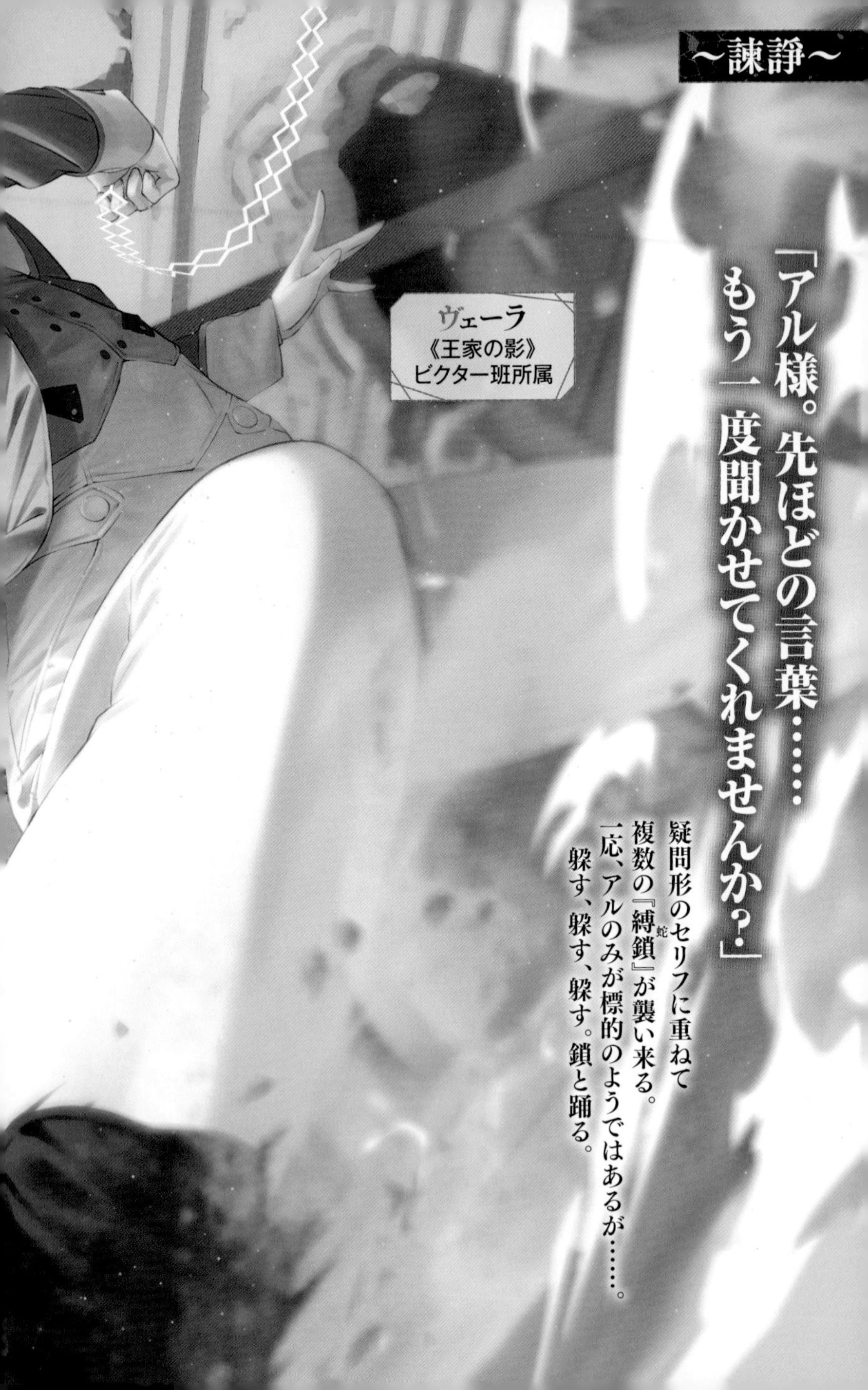
〜諫諍〜
「アル様。先ほどの言葉……
もう一度聞かせてくれませんか？」
疑問形のセリフに重ねて
複数の『縛鎖《蛇》』が襲い来る。
一応、アルのみが標的のようではあるが……。
躱す、躱す、躱す。鎖と踊る。
ヴェーラ
《王家の影》
ビクター班所属

「（くッ！　面倒くさいッ！
この鎖は触れるとマズい！
叩き落とすこともできないか!?）」
一度でも触れると、一気に絡み付いて
捕らえられる予感をアルは抱いていた。
恐らく、以前の尋問の時のような手加減はない。
捕まればそのまま潰される。
彼にはそんな未来の可能性が視えている。
アル
本作の主人公
ゲーム本編では
”モブ”

〜自縄自縛〜
ビクター
《王家の影》ビクター班のリーダー
「あははっ……は、はぁ……いやぁ〜ビクター殿がそんな趣味だとは思わなくて、つい笑いが。
いえ、個人の性的な好みをとやかく言うつもりはありませんけどね……ぷっ……」

キキ
キキ
「き、貴様ッ……！」
クレア
《王家の影》を取り仕切る
長老衆の一人
いつも笑顔

~呪縛~
セリアン
〈貴族に連なる者〉
黒いマナを発する

狂戦士なモブ、無自覚に本編を破壊する 2

なるのるな ILL 霜月えいと

CONTENTS

ギルド

胎動

断章

ギルド　第一話　クエスト

『託宣の神子』に張り付いている《王家の影》、ビクター班。

彼等の本来の目的は〈王家に連なる者〉……第三王子であるアダム殿下と学院内で知己を得ることであり、『託宣の神子』に関しては上役たちの協議の結果、回された後付けの任務。

しかし、その任務の重要性は、実のところ本来の任務よりも遥かに重い。

元々ビクター班以外にもアダム殿下に接触を試みる《王家の影》たちがおり、その中のいずれかの班が上手く事を運べば良いという話だった。

だが、『託宣の神子』に関してはそうはいかない。王国の上層部のみならず、教会も深く関わっており、女神の託宣は不穏な言葉も多い。ビクター班には失敗が許されなくなった。

神子が〈王家に連なる者〉と共に、千年の栄光をもたらすのは良い。しかし、魔族と手を組み、王国に百年の苦難と暗黒をもたらすとは？

女神の託宣によれば、あくまで可能性の話であって、恣意的にその可能性を操作することは許されないとのこと。

王国も教会も、女神エリノーラへの信仰はある。しかし、これぱかりは話が違う。女神を出し抜くなど畏れ多いと知りながら、王国も教会も『これは本人たちの可能性を操作するわけではない』……と、そんな言い訳を心に思い描き、『託宣の神子』であるダリルとセシリーを少しずつ誘導していく。

神子と共に歩む〈王家に連なる者〉については、特に託宣の中で明言はされていない。だが、二人の神子と同じ年齢ということもあり、教会は第三王子であるアダム殿下を王国に千年の栄光をもたらす者だと考えている。

教会は王国と持ちつ持たれつの関係性ではあるが、これまでは女神や教義に関しては決して譲らないという強硬な姿勢をとっていた。今回は違う。託宣でハッキリと魔族との争いが示されているのだ。

教会は……女神の教義はヒト族のモノ。教義の中には『魔族とは女神の恩寵を不当に盗む者たち』という内容まである。……あくまでヒト族の都合による後付けの解釈ではあるが。

そんな神子関連の託宣の内容は、教会がマクブライン王国へ積極的に与することを決定付けたとも言える。

そして『使徒』という存在。

その存在は厳重に秘されており、『託宣の神子』の導き手とも守護者とも言われている。女神の託宣の中に具体的にその名を挙げられている者までいるというが、教会は頑なに『使徒』に関しての情報は開示しない。それが教会側の一線。

神子たちの可能性を操作する。そのための一番手っ取り早い方法。それが『使徒』を使うこと。神子とは違い『使徒』はあくまでただのヒト。特別な女神の寵愛や加護があるわけではない。

実際に『使徒』であることを当人にも伝え、周りにも注意を促していたこともあるが……その『使徒』は魔族と密かに通じ、神子たちを魔族領へと連れ去ろうとした。結局、その策謀は叶わず、『使徒』が神子を亡き者にしようとしたところで間一髪助けが入った。

その『使徒』はダリルとセシリーの教育係の一人……二人が師匠と呼ぶ人物。彼は王国と教会の追跡を振り切って魔族領へと逃れたという。

そのような実例もあり、教会側は『使徒』を明らかにすることについて、神子に悪影響があるのでは？　女神の機嫌を損ねるのではないか？　可能性の操作に当たるのではないか？　……そんな不安を持つ者も多いという。アルが知れば「今さら何を？　バカバカしい」と断ずるだろう。

散々ダリルとセシリーに干渉しながら『使徒』関連には慎重というのが、現状の教会と王国の方針となっていた。

「(チュートリアルが終われば、ゲームでは主人公たちがクエストを受けたり、ルートごとのキャラと親交を深めたり……と、比較的自由行動が増えることになるけど……この世界では『託宣の神子』としてガチガチに監視&誘導されてるわけだし、どんな扱いになるんだ？　王国と教会は二人をアダム殿下に引き合わせて親交を深めさせようと考えているらしいけど……オープニングイベントの一件で、むしろ殿下からの印象は最悪だろ。ゲーム本編においての殿下は、学院ではダリルたちのライバルキャラ、貴族間の内乱ではよき理解者、後半の魔族との戦争では無二の友なり想い人として描かれていたと思うけど……)」

この世界には、ゲーム内の展開がそのまま反映されることは少なく、何かしらの擦り合わせのようなモノが為されているとアルは感じていた。

ただ、中にはダンジョンのように、ゲーム設定通りのモノもあったりして混乱することもあるが……概ねはこの世界の常識に則ったモノとなっている。

ゲームではチュートリアルが終わった後、イベントクエストをクリアしていき、メインストーリーが進んでいくという流れ。

そして、レベル上げや他のルートへの分岐、隠しエピソードや隠れキャラの開放などのためにフリークエストをこなしていく。

「(ゲーム内では、お約束な冒険者ギルドからの依頼掲示板でクエストを受諾していた。この世界のギルドは各職業の組合というだけだし、冒険者なんて職業は存在しない。商人や乗合馬車を魔物や賊から守るという護衛団、護衛士というのが冒険者に辛うじて近いか？　護衛団ギルドはあるはずだけど、どうなんだ？　多岐に渡るクエスト内容が全部護衛関連になっちゃうよな。イベントの広がりもクソもないだろ。この世界はその辺りをどう処理しているんだかね。少なくともクエストを纏めるような機関はないはず……)」

チュートリアルであるダンジョンでのオリエンテーションが終わり、暫定使徒としてアルに首輪がついてから既に一ケ月が経過している。

ヨエルたちは北方を由来とする、都貴族のとある伯爵家の派閥という体で、ダリルとセシリーを関係者との顔合わせという名目で度々連れ回しているが、基本的に修習する科目、授業を優先している様子。

この『ラドフォード王立魔導学院』は年頃の貴族家の子女を集め、地域の家との婚姻による結束なり交流、魔法の取り込みによる戦力の増強、貴族家同士の横や縦の繋がりの強化や派閥の新陳代謝などが大きな目的となっており、本来の学び舎……「学院」としての機能は多くの者にとってはオマケ程度になっている。

もちろん、特別な魔法研究などを行うアカデミックな者たちの受け皿ともなっている事実もあるが、本来の役割としては、貴族家の若者たちの大規模な交流機関と言っても過言ではない。

そんな中で所謂クエスト……〈貴族に連なる者〉たちが、便利屋のように動くことがあるのか？

クエストという形でないなら、どのような形で主人公たちが様々な人間模様やエピソードに関わっていくのか？

アルには疑問だった。

「アル様。本日は何を？」

「……あの……何度も言いますけど、普通にアルで良いですよ？」

思考の中断。アルの視界に入り込むのはヴェーラ。

ヨエルの従者という体だった彼女は、上からの指示にて数日前からアルの従者の真似事をしている。

これはビクターの考えではなく、更に上位者であるクレアの意向。彼女はほんの一時の邂逅にて、狂戦士《アル》を止め得る可能性をヴェーラに見たからだが……当の本人からすれば『要監視対象に呆気なく倒される監視者』という自分自身に、深く失望している。

「いえ。あくまで私はアル様の従者として側に付くようにと指示されていますので。他の者たちの目もあります。主家の方を呼び捨てにはできません」

「(相変わらず態度が硬いなぁ。ご主人様からアル様呼びになっただけマシと思うか。しっかし、僕に対しての隔意が隠れてないし、本人も嫌なんだろうなぁ……別にコリンのようにとは言わないけど、こうもべったり張り付かれてコレだと……ちょっとしんどいね。まぁ彼女も任務として嫌々やらされているから仕方ないんだろうけどさ)」

ヴェーラもある意味では首輪のついた者であり、その首輪に繋がる鎖を別の者に掴まれているとも言える。お互いに信頼があったアルとコリンとの関係に比べられるはずもない。

「……とりあえず、いつものように黒いマナがチラつく人たちをチェックしていくことにします。ただ、ちょっと気になることがあるので、今日は外民の町へ出てみようかと……」

「外民の町ですか？　承知いたしました。何か用意する物はありますか？」

「いえ、ふらっと様子を見に行くだけなので……このまま出ます」

息苦しさを感じはするが、さりとてヴェーラを邪険にもできない。まるでパーティを組んだかのように彼女を引き連れてアルは外民の町へ。


アルが入学までの数ケ月を過ごした「アンガスの宿」。

裏通りが近いため、料金は相場より安いが特別に粗末なわけではなく、比較的人気の宿だ。

「……おう。久しぶりじゃねぇか。また裏通りのチンピラ狩りでもするのか？」

「ご挨拶だね。王都の裏社会が甘っちょろい仲良し互助会だと分かった以上、もはや裏通りの腑抜けたチンピラなんかに用はないよ」

「……けっ。相変わらずさらっと物騒なことを言いやがる……で、一体何の用だ？　その別嬪さんを見せびらかしに来たわけでもないんだろ？」

〝アンガス〟の宿でありがながら、店主の名はバルガス。何でも二代目であり、アンガスは父の名だそうだ。店を継いだ時に名前も変えれば良いだろうに。

裏通りが近く、バルガスは隻眼にスキンヘッドという如何にもな見た目だが、百パーセント善良な男だ。口は悪いが、やり手であり暴力とは無縁の平和主義者でもある。

「バルガスさん。あんたはこの地域では顔も利くでしょ？　ちょっと聞きたいことがあってね」

アルの目的。クエストの謎。この世界において、クエストはどのように処理されているのか？

それを確認するための調査。アルが確実に把握している初期のフリークエスト「廃教会の主」だ。

「……ふん。まぁお前さんにそんなつもりはなかったかも知れんが、あのチンピラ狩りのおかげでこの辺りもかなり住み易くなったからな。俺で分かることなら、特別料金で教えてやるさ」

「いやぁ人助けはするものだね」

「……ぬかせ」

　アルが入学前に、このアンガスの宿を拠点として、あちこちの裏通りに出没してチンピラ狩りを行ったことが周辺の治安にも影響を与えていた。もっとも、チンピラたちはたむろする場所を変えただけなので、全体としてではなく局所的なものだが。

　そして、アルに怯えてスラムの住民やチンピラが寄り付かなくなった空白の期間を好機と見て、バルガスが近隣住民を巻き込んで教会や治安騎士団に働きかけ、付近一帯の治安を劇的に改善させたのだ。元々それなりに地域の顔役だったバルガスは、それらの一連の動きにより、名実共にこの地域の纏め役となったという逸話がある。

「(チンピラ狩り……住み易くなった……あの例の活動か。しかし、この人は一体何の目的があってのことだったんだろう?)」

　アルとヴェーラの事実上の初対面。都貴族の紐付きである裏組織の連中が襲撃を受けて殺害されるという事件があり、その捜査協力で彼女が動いた。治安騎士団はアルのことを重要参考人とまでは考えていなかったが……ヴェーラは確信していた。そして、その確信が間違いでなかったことを改めて確認することになった。

　もっとも、従者として控えるヴェーラがそれらをわざわざ顔にも口にも出すことはない。ただ、その動機なり目的について、疑問が浮かんだのは確かだ。

「聞きたいのは、あの廃教会……フランツ助祭とメアリの死霊のことですよ。かなり噂になっているらしいけど、実際のところはどうなんですか？」

「……フランツ様とメアリか……痛ましいことだ。……あの二人の死霊かは定かではないが、確かにあの教会に死霊が棲み着くようになってしばらく経つ。元々かなり傷んでいた建物だったし、民衆区の教会が主導で取り壊しの話が出ていたんだが……その際に司祭様の立ち会いがあったにもかかわらず、死霊によって何人か死傷者が出たらしい。教会は頑なに否定しているが、取り壊しの話も流れ、そのまま放置されている以上は事実だろう。何でも学院に在籍する『神聖術』に素養のある者を見込んで、教会が死霊の討伐に同行させるとは聞いたな。……そっちの方は本当に噂しか知らんが……」

　この世界に冒険者はいない。当然に便利屋的な仕事《クエスト》の受注と斡旋を組織として行う冒険者ギルドなどもない。しかし、その代わりとなり得る組織はある。今回に関しては教会。

学院に在籍する『神聖術』の素養のある者。ダリルとセシリーがズバリ当て嵌まる。彼等のマナが『神聖術』と由来を同じくするのか、本当のところは不明ではあるが。

「（なるほどね……確かに今回の「廃教会の主」に関しては教会が管轄だ。そして、主人公たちにはそうと勘づかれない程度に『託宣の神子』としての顔繋ぎをあちこちにさせられているはず。その中で、各貴族家なり教会なりが「困りごと」を彼等に依頼するということか？　実際は彼等に手柄を立てさせるためだとか、更に高位の者へ顔を繋いでも不自然と思われないような処置だとは思うけど……恐らくそんな感じがこの世界のクエストっぽいな。……いや、でもそうなると、一般民衆の困りごと《クエスト》はダリル殿たちには届かない？　ストーリー的にも、貴族家や教会、学院絡みのクエストは多かったけど、平民や経済奴隷、果ては正体を隠した魔物や魔族といった連中からのクエストなんかもあったはず。それらのイベントは未消化で進んでいくのか？）」

アルは〝物語《ゲームストーリー》〟におけるクエストと、この世界の現実との擦り合わせを予想する。そして、それは当たらずといえども遠からず。まさに少し前に、ダリルとセシリーが教会から死霊退治の同行について話が出ていた。

第二話　ヴェーラ

「廃教会に死霊ですか？」

　王都の民衆区で一番の規模を誇る聖堂の執務室の中、ダリルとセシリーは畏れ多くも大司教と面会を行っていた。名目はダリルとセシリーの『神聖術』の素養についての調査。

　彼等は幼き頃より魔法に秀でていたが、一般の属性魔法とは違う魔法やマナを操ることができた。それらは周りと違うことは分かっていたが、その正体は判明しないままだったという。

　もしや『神聖術』に類するものではないだろうか？　……と、ヨエルたちが会話の中で誘導し、あれよあれよと今に至っている。当然、ヨエルたちも自発的に行動したわけではなく、誰かが描いた筋書きに則って動いたに過ぎない。

「ええ。嘆かわしいことです。女神様の教えを説く教会に死霊などと……近々、こちらからも『神聖術』にて戦うことができる者を派遣するつもりなのですが……。ふむ。そうですね。……どうでしょう？　ダリル殿にセシリー殿。お二人も一度、間近で戦いに用いる『神聖術』というのを見てみるのは？　貴方たちには確かに『神聖術』に類するマナを感じますが……どちらかと言えば、戦う魔法の性質が色濃いと視える。何かしらの参考になるやも知れませんよ？」

　大司教もまた、ダリルたちを誘導する。

　箱庭での人形劇。人形たちは、箱庭の外に世界があることを知らない。自分たちはおろか、箱《世》

庭《界》すら外から操作されているなど、思いつきもしないもの。

「……そうですね。よろしければお願いします。どちらかと言えば、俺たちはこの特殊なマナを、魔物との戦いに活用できる方法を知りたいです。……決して『神聖術』を否定するわけではありませんが……」

「ほほほ。構いませんよ。貴方たち〈辺境貴族家に連なる者〉は魔物との戦いの最前線にいます。そのような者たちが戦う力を求めるのは当然のことでしょう。それらも全ては女神様のお導きによるもの。『神聖術』と違う力だからと、それらを否定するなど愚かなことです」

王都の民衆区において最大規模の教会。そこを任された大司教。その人格は清く正しい。裏では平気でライバルとなる者たちを蹴落としてきたという暗闘の歴史があったとしても。清く正しいのは間違いない。ただし、別に万人が認める清廉潔白さがあるわけではないというだけ。

　要は誰に対して清い行いなのか？　誰にとっての正しさなのか？

　それを突き詰めて『自分のために清く正しく動ける』ニンゲンだからこそ、彼は今の地位に在るのだ。

　ダリルたちは大司教の言葉に感銘を受けるが、取捨選択によって、相手が感銘を受けるような台詞を吐いているに過ぎない。

　そんな連中が幅を利かせているのが王都という場所。教会の内部とて同じこと。

　ファルコナーを狂戦士の一族と呼ぶ者も多いが、戦いに溺れているのは果たしてどちらなのか？

　ダリルたちは「廃教会の主」のクエストを受諾する。


「ありがとう。助かったよバルガスさん」

「……ふん。この程度で小遣い稼ぎができたんだ。こっちこそ助かったぜ。……まぁなんだ。何かあればまた来るといい。この付近の情報なら、金になるモノからどうでもいいモノまで取り揃えているからな。それに、なんならその別嬪さんと宿や飯の客として来てくれや」

　それなりに穏やかなやり取りの後に、アルたちはバルガスが経営する「アンガスの宿」を出たのだが、アルはそのまま、この世界のクエストの処理……擦り合わせについてさっそく考え始める。一応の従者たるヴェーラを無視して。

「(クエストっぽいことはある。内容自体はおそらくゲームと同じような感じなんだろうけど、受注の仕方が限定的になりそうだ。主人公たちが受けるクエストにかなりの偏りが生じてくるだろうな……まぁ全てのクエストを絶対にクリアしないとダメかと言えばそうじゃないだろうし、ゲーム的には世界観に深みを持たせるためだとか、レベル上げの理由付けだとか……そんな理由で存在したクエストだって多いはず。……でもどうなんだ？　この世界では僕も『使徒』というよく分からない存在っぽいし……『託宣の神子』が受けられないクエストを何とかするのも僕に求められる役割なんだろうか？　ゲーム知識も多少はあるわけだし……うーん……分からん。マニュアルが欲しい……)」

行動を共にするようになり数日だが、流石にヴェーラもアルの癖……突然の黙考については理解していた。そして、あれこれ考えながらも彼に隙がないことも。

「(私に求められているのはアルバート・ファルコナーの監視と抑止。だけど、この距離で彼をどうにかできるとは思えない……それにいちいち行動の意味が分からない。一体何をやっているのか……？)」

ヴェーラ。《王家の影》。男装の少女。従者。

元々は北方の辺境貴族家にルーツを持つ孤児だったが、その魔法の素質により裏通りより引き上げられ、魔道士としての教育を施されたという過去がある。

ヨエルやラウノとは、《王家の影》のビクター班として同様の立場にはある。しかし、その出自から、アダム殿下の近衛候補ではあるが、主に暗部としての働きを期待されていると彼女は認識している。ヴェーラ自身、それを疑問に思わない。必要とあれば身を売るような役割さえ求められているのだと理解もしていた。

生きるために、その場その場で周りから求められる役割を把握し、彼女はそれに応えてきた。幸い能力にも恵まれ、その上で彼女自身の血の滲む努力もあって、これまでは特に問題はなかった。順当に期待に応えられてきたはず。アルというイレギュラーな存在に出くわさなければ、今の段階で立ち止まることもなかったはず。

期待される役割をこなせない。

自身の能力への疑問。挫折。漠然としたアルへの苛立ち。不安。

彼女は立ち止まって考えざるを得なくなってしまう。

「……とりあえず、次は廃教会へ行きます。ヴェーラ殿はそれでよろしいですか？」

「アル様の思うままに。私に許可を求める必要はありません。それに今の私はアル様の従者です。ただヴェーラとお呼び下さい」

「……はぁ……努力します。(だから態度が硬いんだよ。下手に呼び捨てとかしにくいから。まぁ特別に悪意があるわけでもないようだし、根が真面目なんだろうけどさ……)」

ヴェーラとアルのすれ違い。いや、すれ違うほどに近付いてもいないというのが正しいのか。

アルの足はそのまま例の廃教会へ向かう。そして正に影の如く付き従う従者のヴェーラ。

途中、裏通りを通ることになるが、既に暴力を生業にするような裏稼業崩れのチンピラどもはいない。所々に物乞いやスラムの子供らがたむろしているのみ。

彼等はアルたちの身なりを見て、慈悲を期待するように見つめるが、近付いては行かない。アルはともかく、付き従うヴェーラの貴族然とした装いと振る舞いを見て諦めている。『魔法を使う者には敵わない』というのがこの世界においての一般常識であり、身を守るための処世術。

「う〜ん。チンピラたちはいなくなったみたいだけど、結局行き場のない連中は増えている感じか。裏社会の組織にも入れない上、最低限の支援をしていたこのエリアの教会も潰れた……そりゃこうなるのも無理はないか……」

普段の黙考ではなく、アルは敢えて独白のように言葉を発する。裏通りに入ってから、若干ヴェーラのマナに揺らぎが見られたからだ。

監視される側とする側。監視される側もまた、監視者を視ているということ。

「ヴェーラ殿……ヴェーラはどう思いますか？　こういう王都の裏通りの現実について？」

「……特に思うことはありません。現実は現実です。力無き者、弱き者が犠牲となるのは自然の摂理と言えるのではないかと……」

「（更に硬くなったな。心が。何かしら思うところがあるようだね。感知能力に長けているけど、隠すのは下手だ。ヴェーラ殿はやはりヨエル殿やラウノ殿とは少し違う。彼女は恐らく生粋の都貴族じゃないな。あるいは本当に〈辺境貴族家に連なる者〉か？）」

流石にアルもヴェーラに対して歩み寄ろうとは考えている。ただ、そのアプローチがあまりよろしくないということには気付かない。揺さぶりをかけて密かに探ろうとする……そういうのがダメなんだぞ？

「なるほどね。弱さは自己責任という現実か……これが戦場で、戦士のことなら僕も同意するんだけど……人々が普通に暮らす場所……特に王都という都においてはどうかと思うね。一般人の安寧なくて何が国だよ。王都の都貴族家なんて民衆のために戦場で戦うこともない。それどころか、民衆からの税やそれぞれの利権などを奪い合う有様。そんな一部の連中が肥え太り、多数である平民たちが痩せ細る……まぁまだ痩せ細る民衆は目を瞑れる程度の数なんだろうけどさ。僕にはどうにも都貴族たちのダメな部分が目に付いて仕方ない。辺境の単純明快さが懐かしいよ」

それは義憤。半分はヴェーラを揺さぶるためだが、もう半分はアルの本音。

腑抜けた都貴族家が、パイの取り合いに興じている間、犠牲となる民たちがいるという現実。

アルの中には前世の記憶がある。もはや遠い彼方にあり、別人の伝記のような印象でしかないが、科学文明で平凡に過ごしていた男の記憶が確かにある。

問題は多かった。記憶にある平和な日本が全てにおいて素晴らしいというわけでもない。だが、日常生活において、魔物という未知の化け物と生存競争を繰り広げることはなかったし、身分による差で命の危機に瀕することも〝表向き〟には少なかった。貧困も確かにあったが、それを助ける法や制度も、完全ではないにせよ存在はした。

しかし、この世界ではヴェーラが語るように、良くも悪くも生存競争は自己責任。弱い者は強い者の庇護を受けなければ容赦なく死ぬ。辺境ではそれが当たり前。だからこそ、力有る者は力無き者を助ける。力無き者は更に弱き者を助け、力有る者の苦手な部分や、力だけではできないことを行う。そういう互助が活きている。

ところが王都ではどうだ。自己責任や生存競争のその意味が辺境とは少し違う……と、アルは感じている。ただの戦いにおいては生温いが、生活という現実においては身を切るように冷たい。辺境よりも過酷で理不尽な場面も多い。

「……アル様。辺境ではそれが正しいのかも知れませんが、そのような考えは都貴族には通じません。私を含めてですが……辺境とは〝戦う〟という言葉の意味が少し違うかと。目の前の裏通りの現状……安寧を失った一般人というのは、王都での〝戦い〟に敗れた者というだけのことでしょう」

「(はは。よく言うよ。自分は正しく暴力《戦い》によって僕を抑える方法をずっと考えているくせにさ。まぁ都貴族たちは机上の陰謀ごっこや権力闘争を〝戦い〟と言っているだけだろ？　それは分かるさ。でも、平民にそのツケを払わせるなって言いたいだけなんだけどね。そんなことはヴェーラ殿だって分かっているだろうに……やはり、ただ上辺の言葉を重ねるだけでは、彼女と分かり合うことは難しいみたいだ)」

アルが黙ったことでヴェーラも沈黙を守る。ただ、彼女の内心は乱れていた。そもそもこの裏通りは、目に映るスラムの子たちは……かつての自分と重なる。

幼き頃。スラムの子として町を彷徨っていた記憶。

父も母も〈貴族に連なる者〉ではあったが、特別な戦う魔法が使えたわけでもなく、普通に町で魔道具製作の職人として働いていた。ありふれた普通の家族だったとヴェーラは振り返る。

ある日、両親が同時に事故で亡くなり、あれよあれよという間に彼女は家なき子として町を彷徨うことに。

弱者同士の中でも明確に序列があり、弱い者は更に弱い者を喰い物にするという、生きながらの無間地獄。冷たくも正しい現実。

教会が運営する孤児院に保護されたかと思えば、数日後には〝商品〟として売られそうになって逃げ出したこともある。当然逃げ出した先でも苦難は続く。

当時は使い捨ての道具程度の目算だったが、《王家の影》の関係者に拾われたことは彼女にとって不幸ではなかった。むしろ、あの冷たい現実という地獄を抜け出せたのだから、ヴェーラは、自らにとっては幸運だったのだと考えている。

ヴェーラにとって裏通りの現実……スラムの子供たちは自分自身。

救い出されることを期待しながらも、自分では何をどうすれば良いか分からない。無力で弱い存在。弱い自分を思い出して嫌になる。一種の同族嫌悪だと本人は考えているが……それは、心が悲鳴を上げて千切れそうになっているということに……ヴェーラは気付いていない。気付けない。気付きたくない。

今は特にだ。せっかく《王家の影》という役割の中で、何とか心のバランスを保っていたのに、アルというイレギュラーによって、《王家の影》の一員としての矜持も揺らいでいる。そんな状態で、過去の弱い自分に重なる話をされて……彼女が平静でいられるはずもない。

「(う〜ん……思いの外、彼女の中のナニかを揺さぶってしまったみたいだな。少し悪いことをしたか？　まぁ、ヴェーラ殿とずっと一緒にいるわけでもないだろ。しばらくは僕も我慢するし、彼女にも辛抱してもらおう。本格的に主人公たちとアダム殿下が親交を深めていく段階で、どうせヴェーラ殿もそっちにかかりきりになるはず。彼女もアダム殿下の近衛候補らしいし……)」

ヴェーラの為人《ひととなり》を知ろうとしたら、思わず彼女の心を強く揺さぶってしまう。明らかにアルに対しての壁が厚く高くなってしまうという結果だ。

「(……アルバート・ファルコナー。彼のような恵まれた者が綺麗事をいくら語ろうとも〝現実〟は変わらない。弱者はただ踏み潰されるのみ。誰も助けてくれない。彼は自らの強さに自負がある。身分も保証されている。好き勝手に行動することもできる。……何も知らないボンボンのくせに……ッ！）」

一方のヴェーラは、アルにそんな気はなかったとしても、過去を思い出してしまい、自身の昏いナニかに火が灯る。

同じ訓練を潜り抜けてきたが、やはり出自の明らかなヨエルたちと自分は違う。所詮は汚れ仕事を期待されている、使い捨ての道具なのは今も変わりはしない。そんな思いが彼女にはずっとついて回っている。

普段は男装をしているが、幸か不幸か容姿は整っている方だ。自分に対して色欲を抱く者が多いことも知っている。そんな役割でもなければ、自分のような者が王家に連なる尊きアダム殿下に近付くことなど許されなかっただろう。

普段は胸の奥にある想い。

ヴェーラの中にはもう一人の彼女がいる。

蓋をしており、そのことは本人すら気付いてない。

未だに幼いままの姿。

父や母を求める幼子。

助けを待つだけの弱い存在。

いやだいやだいやだ！

本当は戦いなんて嫌いだ！
任務のために死ぬことも身を売ることも嫌だよ！
普通に生きたかっただけなのにッ！
どうして誰も助けてくれないのッ⁉

少し溢れる。

第三話　秘奥義

外民の町。その外れ。

王都の第四地区……外民の町がかつてスラムだった頃、人々の救済を謳いながらも、裏では奴隷や違法薬物の売買、男女問わずの売買春の斡旋などにまで手を拡げていた、まさに清濁併せ呑む救済院があったという。

スラムが正式に町へと整備されるにあたり、エリノーラ教会がテコ入れし、一度は真っ当な運営の教会へと生まれ変わったはずだった。

だがそれも束の間。いつの頃からかまたしても法の隙間を掻い潜る連中が出入りし、違法で危険な仕事の斡旋をするようになっていった。

そして時は流れる。その教会を根城にした連中の系譜は、女神エリノーラへの信仰の下に、独断と偏見により、悪を断罪する助祭兼処刑人へと受け継がれていったという。

その助祭兼処刑人も、既に生者としてはこの世にいない。故人だ。いまはただ死霊として現世に縛られているのみ。この末路を哀れと思うか、自業自得と唾は吐きつけるか……それは見る者の心次第。

かつての救済院でもそうだが、違法な汚れ仕事に手を染めてはいても、確かに教会や助祭に助けられた者も数多いのだ。表と裏の差が大きかっただけ。そして、どちらが表でどちらが裏だったのか？　それはもう誰にも分からない。

　もはや死霊が蠢くのみ。


「……ここが目的地である教会か。確かに不浄のマナを感じる。東方の大峡谷にもアンデッドはチラホラいたけど、こんなにハッキリと死霊を感知するのは初めてだ」

「ダリル。今日の我々はあくまで見学者だ。あまり前に出るなよ」

　ダリルたちは大司教の好意により、廃教会に巣食う死霊の討伐に立ち会うことに。あくまで立ち会いであり、討伐の主体は教会という形だ。

　聖堂騎士団。

『神聖術』を戦いのために使う者たち。教会が持つ独自の戦闘集団であり暴力装置。

　名目上、戦う相手は死霊をはじめとしたアンデッド系の魔物たちであるが、内実は教義に反する者への〝指導〟や異端者への審問なども含まれるという。つまり、教導審問官や異端審問官は聖堂騎士団の裏部隊という噂。あくまでも噂。

「ダリル殿にセシリー殿。お気を付け下さい。……もっとも、私などが注意を促さずとも問題はないかと思いますがね」

　本日の実働部隊の長である、中年の聖堂騎士がそう語りかける。

「い、いえ。私たちなど……聖堂騎士の皆さま方の足手まといに過ぎません」

「ほほ。そうは言いますが、分かりますよ。お二人とも、お若いながらよく鍛えられています。それに『神聖術』のマナとは少し違う気はするものの……女神様の加護のような力も感じます。本当に素晴らしい」

長である聖堂騎士が、神子たちのエスコート役として付いている。この度は、彼を含めて騎士が三名と従者四名が派遣されており、これはかなり慎重を期した配置となっている。

今回の死霊については二体いると言われているが、その脅威度は中級程度であり、本来であれば、騎士クラスの者なら一人、従者クラスであれば三人いれば十分と言われているレベル。

「ウォレス様。この度の死霊は中級と聞きましたが……俺たちの、その……『神聖術』のような〝白いマナ〟は通用するのでしょうか？」

「ふぅむ。それはどうでしょうなぁ……恐らく効果はあるでしょうが……どれほどかは判りかねますな。これまでにアンデッドの相手は？」

「低級な魔物のゾンビやスケルトン程度なら……」

ウォレスと呼ばれた、エスコート役の聖堂騎士は、手を顎に添えて思案顔。

白いマナ。

ダリルの得意属性は「火」なのだが、いつ頃からか、魔法を放つと白いマナが混じるようになる。白い焔《ほむら》だ。威力が格段に上がり、その上で回復魔法のような効果まで付与されていた。

領地の教会で尋ねても、『神聖術』に近いと言われるだけで、その詳細は不明。様々な文献や人伝に調べても結局のところはよく分からないままとなっていた。

そして、程度はダリルの方が上だが、セシリーも同様に魔法を扱う際に白いマナが混じっている。

神子としての裏事情を知る王国や教会の関係者は『あの白いマナこそが女神様の加護の証だ』と騒いでおり、その性能や特性などを本人たちがなるべく不自然と思わないように調べようとしていたりもする。今回はその一環。

「……実のところ、中級の死霊にこの人数は過剰でしてな。滅するだけではなく、結界にて縛ることも可能なのですが……その状態で一度試してみますか？」

「……ウォレス様。所詮はダリルの戯言です。ただでさえ無理を言って同行させてもらっていますのに……これ以上ご迷惑をお掛けするわけには……」

あまりにも気安く語るダリルに、危機感を覚えたセシリーが割って入る。

しかし、ウォレスからするとそのような気遣いこそ余計なお世話。彼はただの騎士ではなく、聖堂騎士団の本物の隊長格であり、ダリルたちの魔法やマナの実証実験を行うためにここにいるという実情がある。

「ほほ。セシリー殿。構いません。もとより貴殿たちの不思議なマナを解明する手伝いをしろとも言われておりますからな。大司教への質疑の中でそのような話が出たとも聞いていますよ？」

「た、確かにそういう話はさせてもらいましたが……」

「まぁそう気負わずとも、あくまで我々にとっては〝ついで〟に過ぎません」

柔和な表情でセシリーを諭すウォレス。むしろ死霊退治こそが〝ついで〟だとは決して口にはしない。当たり前。

「おっと。既に教会側の手が回っていたか……一応ある程度は気配を隠しておきましょう」

「……承知いたしましたアル様」

「（それにしても、ふらっと外民の町へ来た当日にコレか……やはりイベントに引き合っている気がするな）」

　ヴェーラの友好度を下げ、警戒心を上げながらも、アルたちも例の教会へと到着。ただし、既に聖堂騎士団やダリルたちが到着している状況であり、遠目から密かに様子を見るに留めることとなる。

「ヴェーラど……じゃなくて……ヴェーラは連中とダリル殿たちのことで何か聞かされていますか？」

「……あれは聖堂騎士団の方々ですね。確か、ここ最近のダリル殿たちは、教会関係者と顔繋ぎをしていたので……その流れからだと思われます。先ほどの宿で聞き取った『学院に在籍する神聖術の素養を持った者』は、間違いなくダリル殿とセシリー殿のことでしょう。彼等の特殊な魔法やマナについての調査の一環ではないでしょうか？　死霊相手には聖堂騎士が三名は過剰とも言えますので、ダリル殿たちの件が主たる目的と思われます」

　スラスラと答えるヴェーラだったが、アルは違和感を覚える。

「え？　ちょっと待って。ダリル殿やセシリー殿は、何かしらの『特殊な魔法やマナ』の使い手なの？」

次はヴェーラの違和感。『はぁ？　こいつは今さら何を言っているんだ？』……とでも言わんばかりの表情。もはやアルに対して負の感情を隠してはいない。やったね。関係性が一歩進んだよ、悪い方向へ。

「……アル様は……ファルコナー家の者はマナ制御に長けているのでは？　彼等のあの特殊なマナを感知していなかったのですか？」

「うっ……（実は視覚から入る情報に引っ張られて、二人のマナを特別に精査したわけじゃないんだよな……気配を感じる程度で……ゲームではレベルアップによって超人になっていくけど、設定としてはあくまで『辺境貴族家の普通の少年少女』だったし……そんな特殊なマナの使い手とかじゃなかったはず。いや、これも今さらか。『託宣の神子』というだけあって、この世界じゃ特別な存在なわけだし、そりゃ特殊な魔法くらい使う……のか？）」

アルはゲームとこの世界において、初期設定すら違っていることは理解していたつもりだったが、どこかでまだゲーム設定に引っ張られている。もはや、彼の知る正規ルートのストーリー通りに進むという保証もないのに。

「（……考えてみれば当たり前なのか？　ゲームではレベルアップで強くなっていた。でも、この世界においては、魔物を倒すことで劇的な成長を遂げることは少ない。一応、斃した魔物のマナを吸収して、マナ量が徐々に増加するという仕組みはあるらしいけど……ゲームのレベルアップほど分かり易く効果は出ない。あくまで強くなるのは、地道な訓練や魔法研究の結果でしかない。ゲームではレベルが上がればポンポンと新しい魔法なりスキルなりを覚えていたけど、実際にはそんなわけはない。僕の『銃弾』だって納得のいく射出速度や威力を出すのに数年の時を要した。ハッキリとしたイメージがあるにもかかわらずだ。……基礎的な魔法ならいざ知らず、ゲームキャラみたいに数十個のオリジナル魔法を一人で修得して十全に操るなんて……この世界の現実じゃ不可能な話か……）」

　この世界にも、コレクターのようにオリジナル魔法を蒐集したり、開発する者たちもいる。しかし、実戦的な魔道士は基礎魔法以外では、自身の切り札となり得るオリジナルの魔法を一つか二つ持っている程度。アレコレと手を出すことはなく、一つの魔法に時間を掛けて研ぎ澄ませていくことが多い。ヴェーラの『縛鎖』やアルの『銃弾』のように。

　ちなみに、アルがイベントキャラだと認定した金髪縦ロールのクローディアは、西方貴族オールポート家の秘伝である『絶炎』と呼ばれる、対魚人族特化のような強力な火属性魔法を使うと伝えられている。

「……ヴェーラは二人のマナや魔法を直に見たことは？」

「他者の魔法についてアレコレと詮索するのはあまりよろしくありませんが……お二人については今さらですね。ダリル殿は火の属性魔法を得意としており、セシリー殿は風の属性魔法を好んで使用するようです。ただ、お二人とも魔法に神聖術のような光が混じっており……ダリル殿たちは〝白いマナ〟と呼んでいましたが……その影響なのか、ダリル殿は白い炎を操っていました。

一方でセシリー殿の魔法にはダリル殿ほどの特徴的な変化はありませんでしたが……使い手としてはかなりの腕前です」

白い炎。アルの記憶に微かに引っ掛かるモノがある。ゲーム設定。

「(白い炎……？　名前までは覚えてないけど、男主人公ダリルの秘奥義か？　カットインが入って、長々とキャラの演武的なエフェクトが流れるヤツ……そんなのが敵も味方も重要キャラには一つか二つあったはず……この世界では、ゲームの秘奥義がそのキャラの特性として表れている？　女主人公のセシリーは何だっけか？　ヴェーラ殿の情報によると風系の魔法か？　う～ん……もうそこまで覚えてないぞ……)」

秘奥義。ゲームにおいては、終盤で会得する高威力な必殺技のようなモノ。

それぞれのキャラの特色があり、中には特殊な条件やイベントをクリアしないと修得できないことも。

アルの記憶に引っ掛かる男主人公ダリルの秘奥義。これもイベントの一つとなっており、ダリルがかつての師匠と一対一で戦い、勝利することで秘奥義を会得するというモノ。

シナリオ上の強制イベントではあるが、その師匠との戦闘内容や勝利方法によって、会得できる秘奥義のエフェクトが少し違うという、そんな隠し要素もあったという。

「……アル様。彼等が動きました。ダリル殿たちも中へ入るようです。やはり、ダリル殿たちの能力を検証するための仕込みのようですね」

「流石にこれ以上は近付けないか。解体途中で屋根も一部外れてるし……少し高台の方へ回って中の様子を観察できないか試しましょうか？」

そしてアルは知る。主人公《ダリル》の力の一端を。


廃教会。

助祭が不慮の死を遂げ、後任の者が見つからず教会の取り壊しが決まってから、実はそれほどの時間は経過していない。しかし、死霊の存在によって不浄のマナが漂い、時の経過や外からの様子よりも内部は老朽化して荒れていた。

主を喪った教会の礼拝堂。そこには、これ見よがしに、女神エリノーラの像の前にナニかが佇んでいる。

女。

肉体が戻り、血色があり、表情が動くなら、彼女が花も恥じらう年頃だと分かるだろう。だが、今は生前の面影は薄い。

ダリルたちは知る由もないが、聖堂騎士団はある程度は知っていた。フランツ助祭と共に、王都の裏社会で活動する暗殺者メアリ。そう、実のところ、フランツ助祭の血と狂気に満ちた副業は、教会側に黙認されていたという裏設定があった。

死霊。黒き不浄のマナで構成された身体。薄暗いのは表情だけではなくその身全て。今は侵入者に対して、何をするでもなくただ佇んでいるだけだが、尋常の存在ではないことは一目瞭然。

「……ウォレス様。彼女が死霊ですか？」

「ダリル殿。〝アレ〟は彼女ではありません。男も女も、生前の姿すらも関係ありません。ただの死霊です。……アレをヒトのように表現すると付け込まれますぞ」

上からの密命があるとはいえ、ウォレスは歴戦の聖堂騎士。流石に死霊を相手とする場では、聖堂騎士としての面が強く出る。如何に相手が『託宣の神子』といえども、その未熟な間違いは正す。

「……も、申し訳ございません。つい……見た目の姿に引っ張られました。以後は気を付けます」

「ほほ。分かって頂ければ良いのです。ダリル殿たちのマナが『神聖術』に通ずるモノで、戦う力を求めるのであれば……今後はアンデッドの相手が増えるやも知れません。そうなれば、いずれは奴らと相対する際の心構えを、聖堂騎士から直々に教わることもあるでしょう。ただ、今は〝アレ〟をヒトだと思わないことだけ……それだけを覚えておいて下されば良い」

「(……ウォレス様はそう仰るが……教会関係者は、どこかで私たちのマナが『神聖術』に通じているモノだと確信している節がある。もしや、今回の件はその確認のためだったのか？　いや、大司教様や聖堂騎士まで動いているんだ。わざわざその程度のことで、ここまで大掛かりなことはしないか……。くそ、こういう時のダリルはポンコツだからな。〝凶兆の予感〟に頼り切って、予感がなければ殊更に疑ったり、裏を読んだりしない。良くも悪くも真っ直ぐで困るな……)」

ダリルは教会に対して不信はない。ヨエルたちにもだ。何故なら〝予感〟がないから。

だが、セシリーは少し違う。ダリルほど〝予感〟に頼ってはいない。少なくとも行動の参考程度とするのみ。

彼女には違和感がある。

ヨエルたちの行動、教会や各貴族家との顔繋ぎ。確かに必要なことだろうが、出会う人たちが皆、自分たちに好意的に過ぎる……と、そんな不信。ともすれば贅沢な悩みと言われかねないこと。

実際、まだ彼女の中でもほんの僅かな欠片ほどの不信であり、勘違いを少し上回る程度に過ぎない。

「ダリル殿。アレはどうやら積極的に何かをするタイプではないようです。もしかすると、侵入者に危害を加えるというもう一体の方は、我らを察知して姿を消したのやも知れませんな。……とりあえず、一度ダリル殿の魔法をアレに放ってみてもらえますかな？　それで反応を見ます。結界を仕掛ける必要はないでしょう」

「え？　よ、よろしいのですか？　その……取り逃がしたりとかは？」

「ほほ。ダリル殿。舐めてもらっては困りますぞ？　ぞろぞろと頭数を引き連れて来ておいてなんですが、この程度の死霊であれば、私なら片手間で滅することができます。アレが逃げようとしても、取り逃がすはずもありませぬ。こちらは気になさらず」

アンデッドに関しては一家言を持つ聖堂騎士。その騎士が問題ないと言うなら……と、ダリルは〝予感〟がないこともあって素直に魔法を放つことに。

炎でありながら、どこか慈しむような温かさを感じるダリルの白き炎。

その白き炎による基礎魔法である火球。所謂ファイアーボール。

試しであるため、威力は抑え気味で、火球の速度もフワフワと浮かびながら進む程度。

その場にいる者、遠くから様子を窺うアルたちも含めて、誰しもが『まぁ多少は効果がありそうだな』程度の認識で、ぼんやりと火球の行方を追っていた。それは死霊となったメアリも同じ。

ただ佇むだけで回避行動もとらない。

そして、ダリルの白き火球が死霊メアリに触れた瞬間。


閃光と共にマナが爆ぜた。

第四話　人買い宣言

ダリルの魔法は死霊……恐らくはアンデッド全般に絶大な効果があることだけは判明した。

白き火球が死霊メアリに触れた瞬間、死霊を消し飛ばすだけではなく、何故か物理的な衝撃を伴い周囲を吹き飛ばすという、無茶な結果となった。つまり、不完全ながら廃教会の解体まで済ませたということ。

これまでにも数は少ないが、ダリルたちもアンデッドの討伐経験があったのだが……当然のことながら、今回のようなことは決してなかった。分かっていれば、室内であんな魔法を使うはずもない。

幸いにも教会の周りに民家は少なく、教会が瓦礫と化すことでの影響はなかったという。また、その場に居合わせた者たちも、皆がそれなり以上の使い手であり、咄嗟にガードしたり避難するなりで、多少埃っぽくなった程度で済んだ。ただ、ウォレスなどは『託宣の神子』を預かる立場であったため、いきなりの事態にかなり肝を冷やしたが。

この事態は、もう一体の死霊云々の話ではない。早急にキチンと調べた方が良い。……というウォレスの意向に、ダリルとセシリーも、疑うことなく二つ返事で回答するほどの出来事。

彼等は各人の無事を確認した後、早々に撤収して教会の上層部の指示を仰ぐことに。

白々しい理由付けを考えずとも、二人に協力を要請する理由ができたことは、王国や教会にとっては僥倖だったと言える。

しかし、その一方で、遠目からとは言え、一部始終を目撃していたアルの心中は複雑だった。

「(何だよあれ！　もはや大量破壊兵器じゃん！　基礎魔法の火球でどんな威力だ！　あの反応が対アンデッド限定だったとしても、集団戦じゃあの衝撃がそのまま凶悪な武器になる。適当に現世に縛っておいた死霊を敵陣に放り込んで、その死霊目掛けてあの魔法を使えば……いやいや、今は物騒な考えは止めとこう)」

流石のヴェーラも目の前の出来事に驚きを隠せない。

白き火球。その見た目は確かに不可思議だったが、籠められたマナ量や感知した性質は普通の基礎魔法と変わりはなかった。なのにあの結果。あの威力。ヴェーラは自身の感知能力を疑ったほどだ。

「……アル様。できれば今回の件をビクター様に早急に報告したいのですが……」

「ん？　あ、ああそうですね。僕は念のために教会……跡を少し検分してみますので……ヴェーラは先に戻って下さい」

内心で舌打ちをするヴェーラ。

従者として付けられている以上、アルが残ると言えばヴェーラも残らざるを得ない。

「……いいえ。やはりアル様の検分にお付き合いいたします」

「え？　そ、そうですか？　じゃあ、あの聖堂騎士団が撤収後、教会に向かいましょうか？」

これが辺境であれば平気で『それじゃ先に戻るわ。後はよろしく』で終わり。そんな主従関係しか知らないアルに、ヴェーラの苛立ちを理解しろというのも難しい。逆に『何で彼女はこんなに不機嫌なんだ？』と首を傾げるのみ。

今回の一件は聖堂騎士団にとっても想定外のことであり、本来は現場の保全を行う必要もあるのだが、『託宣の神子』や自分たちが悪目立ちしないように、ヒトも残さずに全員撤収という判断。

アルとしては、ぞろぞろと野次馬や火事場泥棒的な者たちが出てきて、瓦礫の中を物色して諸々をかっぱらう前に状況を調べたいと考えていたが……。

しばらく間を置き、彼等が現場に到着する頃には、既に逞しく生きるスラムの子供たちが瓦礫に群がっているという有様。

「はぁ……面倒くさいな」

「……アル様、よろしければ蹴散らしましょうか？」

ヴェーラは、改めてスラムの住民を間近にして、心が少し波立っている。

流石のアルも、彼女にとって裏通りやスラム……特に子供たちが鬼門……触れられたくないナニかなのだろうとは察していた。

しかし、だからと言って、彼女の心をスッキリさせるためだけに、スラムの子供をブチのめして良いはずもない。

自分の暴力に対しての判断は甘いが、他者が暴力に訴えることにはついては厳しい。身勝手極まりない話だが、それもファルコナーの血と流儀か。

「いやいや、何でそんなにやる気なんです？　駄目ですから。あの子供たちなら、別に蹴散らす必要もないし……」

そう言うと、アルは石畳となっている場所を目掛けて、複数の硬貨を無造作に放り投げる。

即座にその音に反応する子供たち。そこで初めてアルたちの存在に気付いたとも言える。

「あ……待てッ！」

「……うぐッ!?」

少し年長と思われる一人の少年が、アルとヴェーラの身なりを見て顔色を変える。

硬貨を拾おうと駆け出した別の子の襟元を咄嗟に掴んで無理矢理停止させた。

「彼がこの集団のリーダーかな？」

「…………（何をするつもり？）」

アルはばら撒かれた硬貨を無視して、年長の少年の前へ。既に彼は他の子より前に出て、他の子を庇うような体勢。

「……あ、あの……何か御用でしょうか……？」

「〈聡い子だ。薄《うっす》らとマナの素養もあるな。僕……というか、ヴェーラ殿の身なりから〈貴族に連なる者〉と気付いている感じか。場数も踏んでいるようだし、他の子への〝教育〟もしているようだ。……うーん。もしかすると、かなりの掘り出し物か？〉」

アルは無言でぼんやりと少年を見つめる。それと同時に他の子供たちの様子もしっかりと観察していた。

リーダー格の年長の子が発言してから、他の子たちは動きを止めている。無言。但し、すぐにでもアルたちと反対方向へ走り出せるように、それとなく構えている。アルやヴェーラにはバレバレだが。

アルの本音としては、適当に小銭を渡して追い払おうと考えていたのだが……彼等を見て考え直す。

「あ、あのぅ……？」

「…………よし！　君たちを買おう！　いくら欲しい？」

突然の人買い宣言。

ヴェーラ。彼女の世界は幼き頃、突然に変わった。主に悪い方へ。これまでの普通の終わり。

彼女が暮らしていたのは、北方の辺境地では比較的大きな街だったが、それまでに見ていた街とは、まったく別の顔に彼女は迎えられた。

裏通り、スラム、裏社会、掃き溜め。

呼び方は何でも良いが、〝普通の子供〟が触れることのない世界へと、何の覚悟も準備もできないままに放り出された。彼女が今もまだ生きているのは、ただただ運が良かっただけだと……

本人も自覚している。

今まで笑顔で挨拶をしてくれていた街の人たちが、まるで野良犬でも見るような目を向ける。汚い物のようにシッシと手を払う。モノを投げつけてくる。酷い時には暴言と共に暴力を振るわれることもあった。

あんなに優しかった近所のおじさんやおばさんたちも途端に態度を変えた。いや、それだけならまだ良い。

父の友人だったはずの男は、幼いヴェーラを優し気な言葉で家へ連れ込み、組み伏せ、その下卑た欲望の捌け口にしようとさえした。

その行為の意味すら知らぬ年頃ではあったが、ヴェーラは頭のてっぺんから足の先まで走る悍《おぞ》ましさに突き動かされ、男の指を噛み千切り、必死で逃げた。

未だにあの時のことを夢に見て飛び起きることがある。そして眠れない。部屋の隅で毛布を被って蹲《うずくま》ることしかできない。震えも止まらない。

決して誰にも見せられない姿。コレが知られれば、《王家の影》からも見限られるかも知れない。それは彼女にとってはとてつもない恐怖。

いずれ任務として〝あの行為〟を最後までする時が来ることを考えると……どうしようもなく苦しい。辛い。逃げたい。その他にも綯い交ぜになったナニかが込み上げてくる衝動を感じる。

騙されて〝商品〟にされたこともあったが……その時は『もうそれでも良いかな?』と、諦めの気持ちさえあった。

だが、彼女はそこからも逃げ出す。命を懸けて。

自分をヒトではなく、モノとして見る目。商品を物色する者たち。それを商品の立場から見た。皆、穏やかな態度ではあるものの、自分を襲った男の目と同じ。欲望に満ち溢れた瞳。

彼女は憎んでいる。

過去の自分を彷彿とさせる裏通りの子供たちを。かつての弱い自分を。そして、今も強くなれていない自分が憎い。自分を遺して死んだ両親さえ憎んだ。遺された自分を助けてくれなかった街も、ヒトも、教会も、王国も……憎い。

当然、子供を〝買う〟ようなケダモノも憎い。

アルとの何気ない会話から、既に彼女の心は乱れていた。マナも不安定。彼への言い表しようのない悪感情も隠せなくなっている。

その上で、アルの……『君たちを買う』という言葉。チェックメイトだ。


彼女は心のバランスを崩した。思わず壊れた。要はキレてしまった。


「おわッ!?」

決して気を抜いていたわけではない。油断もなかった。

だが、彼女の……ヴェーラの『縛鎖』への反応が遅れた。いや、まったく動き出しを感知できず、アルは完全に虚を衝かれた形となった。

気付いたら、致命の一撃をギリギリで躱しているという有様。

久しぶりに大森林の感覚が戻ってくる。生理的反応としては冷や汗が噴き出し、心音が高まるが、それとは反対に心とマナが冷えていく。刹那で戦士へ。大森林の生存競争の渦中を思い出す。

ヴェーラはヴェーラで、自分の行動の意味すら理解していない。できない。

無心の一撃。何も考えない。感じない。ただただアルを殺すための一撃を放っただけ。

彼女の心の中では様々な動きがあったのだろうが、ヴェーラ自身は何故自分がこんなことをしているのか……まるで自覚はなかった。意味が分からない。まさに真の意味でキレていた。

「アル様。先ほど、彼等に何と言ったのか……もう一度聞かせてもらえますか？」

「……ちッ！　（ヴェーラ殿のトラウマでも抉ったかッ⁉）」

致命の一撃は躱したが、逆に距離をおいたことでアルには不利な間合い。

これが売られたケンカや、何らかの理由による仕掛けならともかく、ヴェーラは正気とは思えない。有無を言わさずに『銃弾』で蜂の巣……というわけにもいかないと……アルはそう判断する。それは生き延びることを優先するという、ファルコナーの冷静な計算。

また、彼には自覚もあるのだ。ヴェーラの何かしらのトリガーを引いた自覚が。

それに、流石に《王家の影》の一員を「やられたからやり返した」で殺害してしまうのはマズいことくらいの分別はあった。いっそやり返すにしても、証拠を残さないように段取りが要る。

いや、そもそも今回に関してはアルの方が「やらかした側」か。

「ヴェーラ殿！　まずは落ち着け！　僕は貴女の『縛鎖』を躱すが、恐らく躱すだけで手一杯だ！　周りにまだ子供たちがいるんだぞ!?　彼等を殺す気かッ!?」

「……ふふ。彼等はアル様にとってはただの〝商品〟なのでしょう？　壊れても弁償すれば良いだけでは？　あ、それともまた別の商品を買い直しますか？」

いきなり目の前で始まった魔道士同士の戦闘。スラムの子供たちも動こうにも動けない。それほどまでに、今のヴェーラには周囲への圧がある。

しゃらしゃらと音を立てながら、まるで生物……蛇のように彼女の『縛鎖』が蠢く。鎖は長く、途中で分岐しているのか端も多い。つまり、同時に多方向からの攻撃が可能。

その鎖は獲物を捕らえる蛇のようではあるが、同時に何故かヴェーラ自身を縛る鎖にも見える。少なくとも、アルにはそうとしか思えなかった。

「（魔法の構成はイメージが重要。……誰かが言っていたな。オリジナルの魔法とは、当人の心象風景が反映されるモノだと。だからこそ、その人にしか操れない魔法となり得る……見様見真似はできても、その本質を十全に発揮できるのは本人だけなのだと。……本当かどうかは知らないけど、今の彼女を見ると信じたくなる教えだ。ヴェーラ殿は一体何に縛られているのやら……）」

「アル様。先ほどの言葉……もう一度聞かせてくれませんか？」

疑問形のセリフに重ねて複数の『縛鎖《蛇》』が襲い来る。一応、アルのみが標的のようではあるが……。

躱す、躱す、躱す。鎖と踊る。

「（くッ！　面倒くさいッ！　この鎖は触れるとマズい！　叩き落とすこともできないか⁉）」

一度でも触れると、一気に絡み付いて捕らえられる予感をアルは抱いていた。恐らく、以前の尋問の時のような手加減はない。捕まればそのまま潰される。彼にはそんな未来の可能性が視えている。

その上、今はまだ鎖の制御が正確だが、アルが躱せば躱すほど可能性が増える。周りの子供たちが巻き添えで死ぬ可能性が。

「くそ！　ヴェーラ殿！　……悪いが、死んでも恨むなよッ‼」

「……ッ⁉」

予備動作のない魔法構成から『銃弾』の発動。連射。

ただし、その射出速度と威力は控えめにし、敢えて『縛鎖』に反応させる。

ばちばちと『銃弾』と『縛鎖』が弾き合う。

流石に《王家の影》。アダム殿下の近衛候補。

その『縛鎖』の反応はアルの想定の上を行く。『銃弾』を弾きながら、更に術者へ襲い掛かって来る。

防御に専念させるために『銃弾』を連射したはずが、逆にアル自身が『縛鎖』から身を守るために弾幕を張っている構図となってしまう。

「（いちいち優秀だな！　近接戦闘が嫌で編み出した魔法なのにッ！　まさか近接戦闘へ持ち込

むために使う羽目になるとは！）」

「……くッ⁉」

アルは『銃弾』の出力を上げて自身の周囲に多重に展開。即席の防壁として鎖を弾きながら一気に間合いを詰めに行く。

しかし、ヴェーラもそう何度も同じ手は喰わない。その心が戦いを嫌がろうが、正気を半分以上失っていようが、身体と思考は勝つために動く。

踏み込まれると勝ち目はない。アルの踏み込みと同じか、それ以上に距離を取ることに専念する。

その上で、ヴェーラの切り札。活性化しながらもマナを隠蔽した不可視の一撃。『視えざる鎖』を手元に伏せる。

踏み込まれるのを嫌がる素振りを繰り返しながら、その実、『さあ来い』とばかりにアルの踏み込みを待ち受けている。

だが、そんな状況にありながら、突然に彼女の口は言葉を紡ぐ。自覚もなく。心と体が連動していない。

「……アル様。貴方は私に王都の裏通りの現実についてどうかと聞いた。そして、都貴族への批判を口にした。民衆の安寧を脅かしていると。……そんな言葉を吐いた口で……同じ口で……『君たちを買おう』だと？　……この……下衆が……ッ！」

ヴェーラの語りは静かだ。ただ、その言葉には隠しきれぬ憎悪が、絶望がある。鎖が舞う中にあっても、その言葉はハッキリとアルの耳に届く。

「（……迂闊だった。彼女は都貴族以前に、もしかしたら〝そういう出自〟だったのか？　くそ。もう少し言葉を選ぶべきだったな……）」

アルはヴェーラの暴走の理由の一端を見た気がした。全てが分かろうはずもないが。

「（あれ？　何故私は彼と戦っているんだ？　……いや。アイツはあの男だ。子供を買う？　……それはつまり、わ、私を買うということだッ!!　そんなことは許さないッ！　……いや、でも今の私は《王家の影》？　任務として彼の従者になった？　あれ？　何だかよく分からないや。ああ、きょうの晩ご飯はなにかな？　父さまと母さま、いつになったらかえってくるんだろ？　おそくなるのかなぁ……？）」

アルは『縛鎖』を弾きながら、ついに必殺の間合いへ踏み込む。

心が千切れかけた虚ろなヴェーラ。

彼女の『視えざる鎖』が牙を剝いて彼を迎え撃つ。

第五話　スラムの子供たち

「(喰らえッ‼)」

アルが踏み込んだ刹那、ヴェーラの切り札。不可視の鎖が疾走《はし》る。正確に彼の頭部へ。

右掌を腰溜めに引き、既に掌打のモーション。もはやアルに『視えざる鎖』を躱す余地はない。

本来はそこで終わり。ヴェーラの勝ち。アルの負け。生者と死者の分岐点。

「(バレバレだよ)」

アルは前に構えた左手で、向かってくる『視えざる鎖』を掴む。身体強化のマナを超えて、手の皮が裂けて血が飛び散る。しかし離さない。鎖の動きが止まる。

鎖の挙動を含めて、まるで初めから決められていたかのような一連の流れ。

触れた瞬間、標的を逃がさぬように反応する『縛鎖』だったが……遅い。いや、間合いが近過ぎる。アルの掌打の方が先。

「……がァ……ッ⁉」

鳩尾周辺に掌打が決まる。同時にマナを瞬間的に流して意識を刈る。びくりとした後、前のめりに崩れるヴェーラ。

いつも通りのアルなら、攻撃が決まった瞬間に身を引き、距離をとって安全を確保する。倒れ込んでくる敵と接触するようなヘマはしない。特に大森林の魔物たちは、触れるだけで害となる

毒を持っている場合もある。

だが、流石に今回のヴェーラの暴走には思うところもあったのか……アルは崩れる彼女をそっと抱き留める。

ヴェーラの頬には涙の痕。先ほどの一撃の痛みによるモノでないことは確か。

彼女はアルに『縛鎖』を差し向けながら、ずっと泣いていた。恐らく本人に自覚もなく。

彼女が本当に鎖で打ち砕きたかったのは、アルではなく別のナニかだったのか。『縛鎖』で縛られているのは誰なのか。

「(よく分からないけど……何だか悪いことしちゃったかな？　色々と正気じゃない感じになっていたし……最後のヤツも、普段ならもっと巧く隠せていただろうに。勿体ない。使い手としては優秀だけど……不安定だね)」

アルにはヴェーラの詳しい事情など分からない。知る由もない。

確かなのは、仮にその事情を知ったところで、彼女の前で『気持ちは分かる』などと言える事情ではないということくらいか。その程度はアルにも察することはできた。

その上で、今現在のヴェーラに自由がないことも見て取れる。普段の態度なども、いっそ苦し気に見える。必死に呼吸をしようとする、陸に打ち上げられた魚。どれだけ頑張っても長くは保《も》たない。

「(はぁ……それにしても〝殺さず〟に戦うのがこれほど面倒くさいとは……でも流石に《王家の影》を真正面から始末するのはなぁ……知らなかったで押し通せるわけもないし、いっそ逃げるにしてもあのクレア殿に出てこられると終わりだ……いや、ビクター殿やヨエル殿たちに囲まれるだけで無理か。くそ。生きるか死ぬか……ファルコナーを、あの大森林を懐かしむ自分が嫌になるな。首輪付きがこれほど不便だとは。都貴族に仕えるとか、僕には無理だな……)」

　意識のないヴェーラを丁寧に抱き上げながら、アルは未だに怯えて動けない子供たちに声を掛ける。

「悪かったね。怖い思いをさせた。この廃教会……跡に関しては、教会のお偉方や聖堂騎士団が関わっている。あまりウロチョロしない方が良い。……とりあえず、君」

「え……あ、は、はい」

「小遣いは出すから、アンガスの宿に来てくれないか？　あと、他の子はさっきばら撒いた硬貨を拾って、ここは退散した方が良い。……かなり飛び散ったとは思うけど……」

　アルは彼等のリーダー格である、比較的年長の少年を指名し、共にアンガスの宿へ。

　少年からすると逆らうという選択肢はない。自分とさほど年が変わらないと言っても、その実態は恐ろしい魔法の使い手なのだ。

　それに、〈貴族に連なる者〉を相手に下手な真似はできないということは、彼は身に染みて分かっていた。

「おいおい。確かにまた客として来てくれとは言ったが……いくらなんでも当日中、それも力ずくってのは感心しねぇな」

「誰がだよ。……いや、力ずくなのは否定しないけど、そういうんじゃないから。とにかく、部屋の用意をお願いしたいかな。大部屋みたいなところは空いていています？」

バルガスも驚く。

ある日、ふらりと外民の町に現れ、いつの間にか周辺のチンピラどもを叩きのめした少年。久しぶりに現れたかと思えば、えらく顔立ちの整った美しい少女と一緒ときた。更に、その当日中に意識のないその少女を抱きかかえて部屋を用意しろと……しかも、スラムの子供のおまけ付き。意味が分からない。

「護衛団用の大部屋……というか別棟があるにはあるが……一体何をする気だ？　そのお嬢ちゃんを休ませるだけじゃないだろ？」

「とりあえず、一ケ月は借りたいかな？　少し試したいことがあるんだ。何なら全額前金で払ってもいいですから」

「……えらく太っ腹だな。まぁ良いだろう。知らぬ客でもない。前金は半額だ。部屋の使い方に文句は言わんが、治安騎士団に踏み込まれるような真似はするな」

アンガスの宿。その隣にある二階建ての屋敷。護衛団や行商団といった、大人数で長逗留する者たち用の屋敷として、必要な時のみ解放している場所。基本的に建物を貸すだけで、後は全て自分たちで賄うという仕組み。当然食事もだ。

「へぇ。あの屋敷、てっきりバルガスさんの私邸かと思っていたけど……普通に宿として開放している建物なんですね？」

「ふん。まぁ普通の客には関係のない屋敷だからな。この時期は常連の護衛団も王都を離れているから、別に一ケ月程度は問題ないとは思うが……悪いが常連たちが戻ってきたら明け渡してもらう。それでもいいか？」

「ええ。その条件で十分。とりあえず、ヴェーラ殿を休ませないと……悪いけど、話は少し待ってね」

あの場にいた子供たち集団のリーダー格。サイラスは静かに頷く。まだ疑問を口にはしない。このアルと呼ばれた〈貴族家に連なる少年〉は、自分たちに何かをさせようとしてる。それは分かる。

宿を……屋敷を借りたのもその一環だろうと予想はつく。だが、サイラスはアルが自分たちに何を望んでいるのかはサッパリ分からない。

少なくとも荒事の類ではないだろうと予想はしている。何故なら、彼は魔道士だ。魔法を使って、自分で動く方がサイラスたちよりも何倍も効率的と言える。更に、わざわざ自分より遥かに弱い者に争いの助っ人などは頼まないだろう。そうサイラスは予測している。

「おう。こっちだ。屋敷にはこっちの宿の厨房からの通用口を使わないと行けないようになっている。飯時の出入りはなるべく避けてくれ。仕込みだなんだの際にウロウロされると迷惑だからな」

「はいはい。その辺りはたぶん大丈夫。もしウロチョロするとしても、大人数が一度に出入りすることはないはずだよ」

バルガスから他にもいくつかの注意点を聞き、屋敷の中の設備等の説明を受ける。ここしばらくは使っていなかったというが、そこは魔法のある世界。アルが生活魔法の『清浄』を外に向けて使うことで、とりあえずの生活スペースはあっという間に整う。

「……ふん。流石の魔道士様だ。これほどに『清浄』を連発できるとは……一度の範囲も若干広いな。俺も定期的にやっているが、気休め程度にしかならん」

「はは。まぁ一応魔法の扱いが本業だからね。こういう平和で便利な魔法だけで暮らせるなら、それに越したことはないんだけどさ」

魔道具などを含めて、この世界の魔法は日々の生活に密接したモノも確かに多いが、人々には、やはりどこかで戦うためのモノとしての認識が強い。

アルは思う。

腑抜けた都貴族の連中を見た今では、自身がファルコナーの狂戦士だという自覚も多少はあるが……もし、ゲームのエンディングを迎えたら、のんびりと平和的に暮らすことを考えても良いかな？　……と。そして、そういう思いが浮かぶ度に『あ、コレは駄目なフラグか？』と一人で不安にもなっていた。


「待たせて悪かったよ。名前はサイラスだったよね？　僕はアルだ。もう知っているだろうけど魔道士で、今は学院に在籍している」

　アルとサイラスは生活魔法により、積もった埃が払われたソファに腰掛けている。既にヴェーラは部屋のベッドの上。何故か彼女は目が覚めない。苦し気にうなされている。悪い夢の中か。

「アル様は、僕に……僕たちに一体どのようなことを望まれているのでしょうか？」

「（やはり聡い子だ。それにもしかすると、どこかの貴族家で下働きの経験でもあるのか？）」

　サイラスはしっかりとアルを見る。……が、少し目線を下げて決して目が合わないようにしている。

　アルは実感としては知らないが、都貴族家……特に古貴族家では、平民が〈貴族に連なる者〉と目を合わせるのは無礼だという風潮があるのだという。辺境の者にしてみればバカバカしいと断じる儀礼。王国においても、特別にそんなことを気にしない貴族家の者も多い。

「さっきは言葉の選択を間違えた。僕は別に君たちをそういう意味で〝買う〟気はないよ。いや、その生活を含めた身請けのようなモノとしては正しく〝買う〟という意味だけどね……まぁ言葉には気を付けるよ。次は本当にヴェーラ殿に殺されそうだし。あ、ヴェーラというのは、彼女の名前ね」

「……はい」

　サイラスは内心で怯えている。それを出さないようにはしているが、どうしようもなく目の前にいるアルが怖い。

　彼は淡々と軽く話をしているが、ほんの少し前にそのヴェーラという女性と正真正銘の殺し合いをしていたのだ。彼等の魔法の詳しいことは分からなかったが、あの魔法の一つが掠っただけで、自分たちなら軽く死んでいたことをサイラスは十二分に理解している。

非魔道士の範疇ではあるが、サイラスは他の子たちよりも多少はマナの扱いが巧い。あの戦いが〝本気〟であったことは分かった。いや、正確にはアルの方にはまだ余裕があったようにも思う。彼女を〝殺さない〟ように気を遣っていた。そんな風にも見えた。

「まぁ分かり易く言えば、期間を区切って君たちを雇いたい。やってもらうことは情報収集。ほんの些細な出来事でも良い。あちこちで聞いた話を纏めて僕に聞かせてくれれば良い。もちろん、必要なモノがあればこちらで用意する」

「……ッ！　……じょ、情報取集ですか……？　それは……あちこちというのは、裏社会の組織に入り込めと？」

情報収集と言えば、サイラスたちにとっては命懸けの仕事。所謂スパイ。声が、心が硬くなる。悪いがどんなに好条件を出されても素直に頷くことはできない。

やれ貴族家に使用人として入り込め、やれ敵側の裏組織に入り込め……その末路の大半が死。それも相手側に拷問を受けての壮絶な苦しみの末にだ。そんな風に使い潰されたスラムの子供たちの数は、サイラスが知るだけでも両手足の指では足りない。

「え？　いやいや。裏組織なんてどうでも良いよ。連中から情報を引き出すなら、僕が直接動いた方が早いし。というか、聞けば情報をくれるくらいには〝仲良く〟なった組織もあるからさ。それに、悪いけどサイラスたちに〝そっち方面〟の活躍はまったく期待していない」

「……え？　は？　……で、では、僕たちは何をするんでしょうか？」

覚悟を持ってサイラスは問うたが、あっさりと否定される。敢えて触れなかったが、さらりと物騒な言葉が並んでいた。本当にさらりとした語り。天気の話のようだ。

裏通りでは、ちょっとした武勇伝を針小棒大に大声で吹聴する連中ばかりだが、アルの場合は反対。今、何を言ったんだこの人は？　……と、サイラスは混乱する。それが真実か嘘かよりも、アルのそうした態度にどこか異質なモノを感じる。

「いや、だから情報収集だよ。う～ん……噂話や困りごとを集めるという感じの方が分かり易い？　外民の町、民衆区に溶け込んでそういう話を集めて欲しいんだ。なんなら、困りごとのある人たちの手伝いをしてもいい。手に負えなかったら僕に言うという感じでも良いかな？　……何となく分かる？」

「……は、はぁ……？　い、いえ、仰ることは分かりますけど……外民の町ならともかく、僕たちでは民衆区に入り込むのは難しいです。いえ、そもそも外民の町であっても、僕たちは〝溶け込む〟というのは難しいかと……僕らは外民の町の商店通りでは鼻つまみの身です」

この世界には生活魔法という便利なモノがある。非魔道士である一般の者でも使用することができる魔法。そのおかげか、町も人もかなり清潔感を保てている。実際に清潔でもある。サイラスのような家なき子たちであっても、パッと見は薄汚れているわけでもない。衣類はボロボロであってもだ。

この世界において、スラムの子などは、その身なりや言動、雰囲気などで判別されている。逆に言えば、キチンと身なりを整えれば、ある程度は誤魔化すこともできるということ。特にサイラスは受け答えもしっかりできている。

アルからすれば、スラム出身者だろうが、都貴族家の子供だろうが、やることをやってくれればそれで良い。コストが安いならそれに越したこともない。それにサイラスたちをそれなりの身なりにする程度のコストは安い物。

ファルコナーは、魔物からヒトの生存圏を守るという辺境の責務を負っているが故に、王国からの金銭的な支援は厚い。命を対価とするには決して高くはないが、それなり以上に金回りは良い。都貴族から田舎者と馬鹿にされはするが、金銭的にはファルコナーの方が遥かに裕福だったりする。当然、アルも王都へ出てくるにあたって、それなり以上の金や手形、換金できる魔石などを持たされている。

「だから、必要なモノはこちらで用意するよ。バルガスさんがこの辺りの顔役だというのは流石に知っているだろう？　彼の宿に長逗留している貴族家の遣いという立場なら、今までのような物乞いなり、置き引きやスリなんかじゃなくて、商店の下働き、職人の雑用係くらいの仕事なら紹介できる。いや、その段取りくらいはこちらでするさ。それらを踏まえて、君たちは〝普通〟に暮らしながら、町で聞いた噂や人々の困りごとを集めて欲しいってわけ」

意味が分からない。

サイラスの混乱は深まるばかり。

この屋敷は僕たちの拠点としてなのか？

僕たちのようなスラムの子供に仕事を紹介して何の得がある？

そもそも町の噂話などを集めてどうしようというのか？

必要なモノというのは、僕たちの〝立場〟も含めて？

こんなことなら、あのヴェーラという女性が感じただろう『スラムの子を〝そういう玩具〟として買いたい』という意味の方がまだ理解できる。

「……ぎ、疑問はたくさんあるのですが……結局、僕らの働きで、アル様が得るモノは何なのでしょうか？　……下賤な考えで申し訳ございませんが、目に見える利益のない仕事というのは……どうしても〝裏〟を勘繰ってしまいます」

サイラスは思い切って聞く。彼からすれば、まさに崖から飛び降りる気持ち。こんなことを言われて、本当に〝裏〟がある者は良い気がしないことは百も承知の上。だが、このアルという魔道士は、この程度で激昂したりはしないだろうという目算もあった。ほんの僅かだったが。

「まぁ、僕の利益は目に見えるモノではないことは確かだ。更にその利益の価値についても誰とも共有はできない。本当に僕だけのモノ。……でも、大切で必要なことなんだ。不安はあるだろうから、予め期限を設けようって話さ。ただ、〈貴族に連なる〉僕が言うのもどうかと思うけど……いつまでも今のような路上生活を続けられるわけじゃないと……サイラス、君はハッキリと気付いているだろう？　下衆い考えだが、君は顔立ちも整っている。いずれは変態どもの玩具となる道すら覚悟しているんじゃないか？　だが、君はそれで良くても、君を慕う更に幼い子たちはどうだ？　彼や彼女たちにも同じ道を歩ませるのか？」

「……………ッ！」

内心に怒り。

お前が言うなッ！

ヴューラが感じた苛立ちをサイラスも追体験している。

第六話　戦いとは

「……仰る通りです。いつまでも今の生活を続けられないのは承知しています。僕は今、十一歳くらいですが、十五歳……いえ、十三歳をまともに迎えられるとは、正直思っていません。これまでだって、アル様が言われるような〝そういう〟仕事の誘いはありました。誘いだけじゃない。攫われそうになったり、暴力で従わされそうになったり、貴族家の者や裏社会の奴隷商に追いまわされたこともあります。仕事にありつけたと喜んでいたグループの子が、数日後にボロボロの姿で路地に打ち棄てられていることだってありました。まだ少女と呼ぶにも早い、幼い子供だったのに……あの子の遺体には眼も、耳も、鼻も、指も、歯もありませんでしたよ。死んでから切り取ったのか、生きている間だったのか……考えるのも悍《おぞ》ましい。……僕らはそういう場所で生きています。いつまでも今の生活を続けられない？　……そんなことはッ‼　言われなくても僕らが誰よりも分かっています‼」

サイラスの瞳に火が宿る。

怒りだ。目に映る全てに対しての怒り。

恵まれた立場から、土足で入り込んできて自分たちの境遇を語るなど。

目の前にいるアルが恐ろしい魔道士だとしても許せない。馬鹿にしやがって……と。

だが、サイラスはそれでもどこかで冷静だった。怒りは本物だが、この程度であれば同情を買う程度で許容されるだろうという計算もあった。

ただ、アルはそんな計算が含まれているとは知らないまま、怒りを見せたサイラスの姿に、先ほどのヴェーラが重なって視えた。

「そうか。良かった。現実をちゃんと分かっているみたいだね」

「………………ッ⁉」

いともあっさりとした言葉。サイラスの怒りが更に燃え上がる。目の前が真っ白になる。一瞬計算を超えて、自然と拳を握りアルに害意を持つほどには。

だが、害意を持続するのは無理。

アルと目が合う。

「……あ……ッ！」

虚ろな瞳。ヒトではないナニかがソコにいた。

「そこがスタートラインだ。何故だサイラス？　どうして君は戦わない？　世の不条理や理不尽と。現実は辛く苦しい。誰にとってもだ。僕は君たちの生活の実態を知らない。だけど君も知らないだろう？　僕が……僕らがどれほどの理不尽の中で生きているのかを。……なぁ？」

「……あ、あ……し、知りません……」

サイラスは目の前のナニかに逆らえない。怒り？　一瞬で鎮まった。そんなモノは〝コレ〟には通用しないと、本能的に察する。萎れる。

「確かにサイラスたちだって辛いだろうさ。恐らくヴェーラ殿にも色々あったんだろうね。君は

非魔道士だから詳しくは知らないだろうけど……僕は南方の大森林と接する辺境の者だ。大森林は知っている？」

「……は、はい。聞いたことは……あります。魔物の巣窟だけど……高純度の魔石が採れると……」

サイラスは呑まれる。

アルのことを恐ろしい魔道士だと思っていた。あのヴェーラという女性もだ。二人とも魔法という隔絶した力を振るう者。

でも、目の前にいる〝コレ〟は何だ？

サイラスには分からない。幸いにも、彼がこれまでに出会わなかったモノ。

「大森林の魔物は主に昆虫型なんだ。大型の獣型のヤツもいるけど、小型の獣や亜人型は昆虫どもとの生存競争に敗れて去った。その敗れた連中が東方の大峡谷に棲みついたなんて言い伝えもあるけど、真相は知らない」

アルの語りは静かだ。その瞳は虚ろだが、どこか懐かしむように遠くを映している。

サイラスはただただ彼の言葉に耳を傾けるだけ。それ以外にできることがない。

「まぁ何が言いたいかと言えば……昆虫たちには、獣たちにもあるような情すらない。状況に応じて反応するだけ。機械のような……マナを籠めると決められた効果を発揮する魔道具のような感じと言えば分かるかな？　そんな虫ケラどもと年がら年中、生存競争を繰り広げているのが大森林という場所であり、ヒト族の生存圏を守るファルコナーたる僕たちだ。大森林では情などに意味はない。如何に相手を出し抜いて殺すか。如何に自分の気配を悟られないか。それだけ。負ければ虫ケラの餌。最悪は卵や幼虫のための生餌だ。僕らはそんな虫ケラどもと戦うために、哀しいかな、結局は連中と同じようになってしまったんだ。情よりも反応。やられたらやり返す。やられる前にやる。詳しい事情は考慮しない。……まぁ流石に僕らもヒトだし、王都のルールなり人々の間にある情には配慮するけどさ。抜けてしまうことも多いんだ。言い訳だけど。大森林に接する場所で暮らしていた僕と、王都のスラムにいるサイラス。共有できる価値観はあまりに少ない。僕の言葉に怒りを覚えたのは理解できるし、悪いとは思うけど、下手をすると僕が〝反応〟することは覚えておいて」

それはサイラスに言い聞かすというよりは、いっそ独白のような淡々とした語り。大森林……正真正銘の魔境。その魔境で暮らすファルコナーという〝生き物〟についての説明書を読み上げている。

「あと、改めて先ほどの言葉は撤回して謝罪するよ。サイラス自身が痛いほど自覚していることを、敢えて部外者の僕が言葉にする必要はなかった。……すまない。この通りだ」

アルは静かに立ち上がり、サイラスにきっちりと頭を下げる。

「……あ……こ、こちら……こそ、す、すみません。当たり前のことを言われただけなのに……我を失いそうになりました」

サイラスの混乱は如何ほどだったか。異質なモノ。その片鱗に触れた。

アルはヒト族であり、〈貴族に連なる者〉であり、魔道士ではあるが、自分とはまるで違う

〝生き物〟。そんなことがサイラスの頭に浮かぶ。

少なくとも、王都においては〈都貴族家に連なる者〉がスラムの子供に頭を下げることはない。いや、平民だって同じだ。サイラスたちは町に棲みつく害獣のような扱いでしかない。

彼は知った。アルの言動は不躾ではあったが、特別に悪意があったわけではないのだと。

そして、彼の中では、サイラスも貴族もたぶん同じなのだ。殺せるか殺せないか。食えるか食えないか。まさにいま聞いた大森林の魔物たちと同じ思考。

「……ア、アル様……一つ教えて下さい」

「ん？　いいよ。何を知りたいの？」

アルの瞳に光が戻る。ヒト族の瞳。サイラスは少し気が抜けてしまったが、アルがいちいちこの程度で怒ることはないと考え、話を切り出す。

「先ほど……僕に理不尽や不条理と戦えと仰りましたが……僕らは今でも戦っています。王都の中で。も、もちろん、大森林での戦いほどではないでしょうが……これ以上、僕らはどう戦えば良いのでしょう……？」

アルの言葉にあった。戦えと。しかし、サイラスからすると、今でも精一杯に戦っている。生きるという戦い。理不尽や不条理との戦いだ。

「簡単なこと。逃げれば良い。勝てない戦いを無理に続けることはない。生きることが戦いなら、逃げて生き延びれば良いだけのこと。それは弱さから逃げることとは違うだろう？」

これまたあっさりとした答え。逃げる。逃げて生き延びる。

「に、逃げる。つまり王都から出る？」

「そうだね。王都で暮らすのが辛いなら、別の場所を探せばいい。当然、それすら難しいのは流石に分かるけどね。生きるというのは、特定の誰かが相手の戦いとはまた違うだろ？　生きることに立ち向かうとはそういうことじゃないのか？　言葉では簡単に言えるし、僕が言うとまた怒りを買うかも知れないけどさ。サイラスはどうして外民の町でスラムの子供を続けているんだ？　王都付近の南方方面は農場も多いし、下働きくらいなら何とかならないの？　いや……僕がそんなことを簡単に言っちゃダメだな……すまない。今のは忘れてくれ」

真っ直ぐに見つめられた。ヒト族の瞳で。サイラスは自問自答する。どうして王都の外民の町にいるのか？

「……か、考えたこともありませんでした……ぼ、僕はここで暮らすものだと……底辺がお似合いだと……僕らのような害獣ごときが別の場所を望むなんて……」

「何でだ？　嫌なモノは嫌。そこにスラムの子供も貴族も平民も関係ないだろう？　ハッキリと、大きな声で、嫌だと叫べば良い。もしかすると、そうすることで害される可能性も増えるかも知れないけど……言わないと伝わらないだろ？　ヒト族は特に」

アルは思う。伝えないと伝わらない。動かないと何も始まらない。じっとしていても許されるのは、隠れて敵をやり過ごす時だけ。

もっとも、そういうアルは周囲に伝えていないことだらけだし、伝えようとして誤解を生むことも多いが……。

「まぁいいや。実のところ、僕がサイラスたちに出会ったのは偶然だけど……実はちょっとした罪滅ぼしの意味もあるんだ。君たちはフランツ助祭の支援を受けていた者たちだろう？」

「……ッ！　は、はい。何故それを？」

「サイラスと話をしていて何となくそうじゃないかと……これは内緒だけど、僕はフランツ助祭とメアリが死ぬことを事前に知っていた。二人……特にフランツ助祭が死ぬことで出る影響なんかも知っていたのに放置した。自分の都合で。……後々に彼のことを調べて驚いたよ。外民の町のスラムの子たちに、その場凌ぎだけではなく、読み書きなどの教育を施していたと。そして、彼はそうして育った子供たちに町で仕事を斡旋していたとも聞いた。身を売るようなモノじゃなくて、正真正銘、真っ当な仕事を。サイラスたちもそうだろう？」

サイラスの態度。明らかに学がある。それなりの礼儀も。ただのスラムの子にしては聡明な印象がある。

そして、廃教会の瓦礫を物色していたのも、もしかすると別の理由があったのかも知れないと、アルは思い返していた。サイラスたちの出会いは偶然なのか、それともイベントの導きなのか。

「僕は生前のフランツ助祭を深く知らないけど、彼のやっていたことには感銘を受けたのも事実だ。力無き者を援《たす》ける。その行為は尊敬に値する。あの時、彼が死ぬことを避ける道を僕は模索しなかった。その所為もあってか、僕が何か仕事を依頼する時、その相手は彼の支援を受けていた者に頼みたいと考えてはいたよ。まぁ情とは別に、それなりの成果は出してもらいたいけどさ」

アルにも後悔がある。ゲームのイベントキャラだから。フリークエストで決まっていたことだから。そんな風にフランツ助祭を呆気なく切り捨てた。いや、別にアルが切り捨てたわけでもないが、放置はした。

その後、外民の町でフランツ助祭とメアリの死を嘆く人たちのなんと多いことか。そしてアルは知った。彼が暗殺者の真似事をしていると同時に、助祭として、女神の徒として行ってきた数々の〝福祉的な善行〟のことを。

この度、サイラスたちのグループとの出会いにより、アルは一つの思いつきを実行することを考えた。

冒険者ギルド。

ゲームではその存在自体の特別な説明などはなく、クエストの受注のためにある組織なり設備であった。もちろん、この世界にはそんな組織はないし、クエストという仕組みもない。もはやゲーム設定のみならず、この世界での独自の設定だらけ。それでもイベントは次々に発生する。とても個人の力では全てを把握するのは無理だ。だが、幸いにも主人公たちには《王家の影》が張り付き、王国も教会もその動向を見守っている。そこは任せて問題ない。むしろ、そっちはそっちで頑張ってくれとアルは思う。

しかし、王侯貴族や教会が関わらないイベントやクエストも多かった。全てを網羅はできないにしても、何らかの異常を事前に知ることができれば……もしかしたら、ちょっとした情報から古い記憶が刺激されて思い出すかも知れない。クエストの内容を。

王侯貴族や教会、学院が関わってくるのは、基本的にストーリー進行に必要な強制クエストだ。そっちは《王家の影》なり教会なりが何とかするだろう。

王都の裏社会におけるクエスト。これはアルが外民の町で暮らしている間に、〝仲良し〟になった組織がある。そこから情報を仕入れることができる。

平民関連……正体を隠した魔物や魔族関連なども含めて、それらは基本的に外民の町や民衆区が舞台だ。そのクエストの予兆はどうするか？

いっそのこと、スラムの子供たちに紐を付けて町に放ってはどうか？　彼等彼女等にもある程度の横の繋がりもあるだろうし……と。

いわば冒険者ギルドや情報屋の真似事。

それがアルの考え。

「……アル様は……僕たちに暴力を振るいませんか？」

「無意味な暴力は振るわない。さっきも言ったように〝反応〟してしまう可能性は否定できないけど……流石に悪意がない、力無き者を一方的に害することはないよ」

「食べ物と住む場所を用意してくれますか？」

「まぁ必要経費だね。当然のことだ。しばらくはアンガスの宿を使う」

「子供たちを変態に売りつけたりしませんか？」

「論外だね。あ、ちなみに僕自身も君たちに〝そういうこと〟は求めないよ」

「アル様の望む成果を上げられないかも知れません」

「手を抜いているわけじゃないなら、それはまぁ仕方ないだろうさ」

「僕らは逃げても良いんでしょうか？」

「生きるという戦いからは逃げちゃダメだと思うけどね。生き延びるために逃げるのは当たり前のこと。逃げずにいると死ぬ。それが分かっているなら逃げるべきだ。僕だって、今は我慢しているけど……当初の目的が果たせなければ、逃げて生き延びる道を征くよ。それも新たな戦いだ。信じられないだろうけど、僕は意志を持って去る者には敬意を払う」

　サイラスは考える。アルのことは信用できない。あまりにも思考や価値観が違い過ぎて、何を信じれば良いのか分からないからだ。ただ、嘘は吐《つ》いていないだろうと思う。思いたい。

　今までにもあった。目の前に差し出された救いの手。掴んだ瞬間、暗闇に引きずり込まれそうになったり、儚く消えてしまったり……実のところ、今回のアルの提案もそうだろうとどこかで冷静にサイラスは考えている。期待はしない。せめて一時の飢えを凌げれば……。

　フランツ助祭がいなくなり、支援が途切れたまま。その間に体調を崩して亡くなった子もいる。いきなり行方不明になった子だっているし、他のグループにリンチされて死んだ子もいる。

　明らかにサイラスたちを取り巻く状況は悪くなっていた。一時はフランツ助祭のもとで二十人以上はいたサイラスたちのグループも、今では十人を切った。

「あぁ。僕からの注文もある」

「……何でしょうか？」

自然と体が強張る。サイラスは『ここに来てましたか……』と諦めがチラつく。

「嘆くのは止めろ。君たちの境遇は過酷だろうが、別に自分たちだけが特別酷いわけじゃないと知れ。町の中の君たちを排除する連中一人一人にだって、その身の内に抱えている昏いモノくらいはある。誰もが同じだ。所詮ニンゲンなんて皆同じ。貴族も平民もスラムの子も関係ない。条件が多少違うだけだ。まぁその条件の違いが苦しいんだけど……それでも平時では相手を、他者を尊重しろ。その上で、戦いとなれば踏みにじれ。容赦なく。そうしなければ死ぬのは自分だ。辺境だろうが、王都だろうが……戦いの基本は同じだろう？」

いつの間にか虚ろな瞳のアル。そこにいるのは間違いなく〈戦う者〉。


ああ。やはり自分では理解できない。この人は別の生き物だと。

だからこそ、彼の手を取ろう。

サイラスはその時にそう思ったという。

第七話　交渉

「……アル様。申し訳ありませんでした。主家の御方を害そうとするなど……」

ヴェーラが跪いて詫びる。詫びたところでどうしようもないと内心で諦めながら。

まさか自分がこんな失態を犯すとは……そんな思いもあるが、どこかで清々したという自暴自棄な思いも頭をもたげる。

「ヴェーラ殿。僕と貴女の間には何もなかった。廃教会の瓦礫の前には行かなかった。それで良いのでは？　別に本当の従者でもないですし……（そもそも貴女のバックが怖いんだよ。暴力《クレア殿》と権力《王家の影》が……）」

アルはアルでバツが悪い。サイラスと同じこと。自身の不用意な言動が彼女のナニかを刺激してしまったのだから。やらかした側。

「……アル様。そういうわけにはいきません。私は今回のことをもって《王家の影》の任を辞することにいたします。……いえ、言い訳ですね。私は……もう疲れました……」

ヴェーラは意識のない間、自分と向き合っていた。幼い姿のままの泣きじゃくるヴェーラと。

普段は蓋をしていたが、その蓋が壊れた。いや、そもそも壊れかけていたのか。

今回の件はきっかけとしては大きかったが、早晩、同じようなことが起きていたとヴェーラは振り返る。自分では気付いていなかっただけ。

「まぁヴェーラ殿の人生です。貴女がそう決めたなら僕がどうこう言えませんが……ただ、《王家の影》というのは、そんなに簡単に辞めれるものなのですか？」

「分かりません。もしかすると、そのまま消されるかも知れません。……ですが、もうどうでも良いのです。私には何もありません。何もなかったことに気付きました。殊更に生きる理由もなかったのです。……必死に生に縋ってきたのですが……意味はありませんでしたね」

ヴェーラは自嘲気味に微笑む。アルが初めて見る彼女の笑顔は、何とも気持ちの悪いモノだった。

「ふぅ。何だろうな。ヴェーラ殿は簡単に決めたわけではないのだろうけど、生きることを諦めるというのは……何だか腹が立つよ。サイラスと話をした後だから余計にかな？」

「……サイラス。あの子供たちのリーダー格の子ですね。ふふ。私は彼等が羨ましい……先ほど、アル様は仰ってしまいましたね？　逃げれば良い。生きるという戦いなのだから、生き延びるために逃げるのは当たり前だと……」

サイラスはいま、グループの他の子たちを呼びに裏通りに戻っている。今はアルとヴェーラの二人だけ。静かな対峙。

ヴェーラはアルとサイラスの話が聞こえていた。聞こえてしまった。ベッドに寝かされてから、ほどなくして覚醒していたのだ。呆然として動けはしなかったが。

彼女は、もう少し意識が戻らなければ聞かずに済んだ。こうも無力に苛まれることはなかったとも思っている。

振り返れば、自分は逃げてはきたが、生きてはいなかった。ただ、流されて周りに反応するだけ。大森林の昆虫より酷い。自身の無力を嘆き、周囲を憎み、それを言い訳に何もしなかったと気付かされた。いや、何かをしたいとも思わなかった。

「え？　さっきの話ですか？」

「……はい。聞こえていました。私はサイラスと同じ……スラムを彷徨っていたことがあります。王都ではありませんでしたが、裏通りで過ごした時期があります。……ですが、私の前にアル様は現れませんでした。私の手を取ったのは《王家の影》。冷たい現実から逃れたかと思えば、待っていたのは苦しくて辛い、広さのある牢獄。そこに先はありません。はは。私はもう逃げたい。この現実という牢獄から……」

ヴェーラのマナは乱れに乱れている。恐らくその心も。アルには彼女の言葉が真に意味するところまでは分からないが、彼女が尋常な状態ではないことは察した。

「(おいおい。どうしちゃったんだ？　まぁ元・スラムの子だとかはさっきので何となく察したけど、いきなり《王家の影》を辞める？　死にたいだの逃げたいだの……そこまでのことだったわけ？　あと、サイラスたちが羨ましい？　何のこっちゃ？)」

アルにはヴェーラがよく分からない。だが、死ぬだの逃げるだのは一旦保留として、本当に彼女が《王家の影》を辞するなら、元・スラムの子なら……少し考えもあった。

「アル様。私は身勝手にも貴方への隔意を持っていましたが……違いました。恐らく、私は羨ましかったのでしょう。ただ自然体に生きることができるアル様のことが」

「(え？　僕、ヴェーラ殿にそんなに嫌われていたのか？　……ってか自然体で羨ましい？　いや、普通に貴女のボスたちに首輪付けられてるんだけど？)」

ヴェーラは少し前とは違う目でアルを見ている。

彼の言動に深い意味などない。そのまま。貴族家の習わしや身分など、彼には本当にどうでも良かったのだろう……と。

孤児として彷徨ったあの裏通り。

あの時、今のサイラスたちのように、私の前に現れたのがアル様であれば……幼いヴェーラは泣き止んだのだろうか？　それとも彼の言う戦いの厳しさに弱音を吐いただろうか？　ふと、そんなことまで彼女の頭を過《よぎ》る。

アルとサイラスの会話。

大森林で生きること。

戦うということ。

彼にとっては、貴族も平民もスラムの子も違いはないということ。

サイラスたちの嘆きが不幸自慢と断ぜられたこと。

「(はは。本当に強い者というのは、アル様のような御方なのだろう。私にはもう無理だ。これ以上戦い続けることができない。必死で命は繋いできたけど……私の心の中の幼いヴェーラは、いつまで経っても泣き止むことはない……もういい。せめて、アル様が手を差し伸べたサイラスたちが、私と違う道を征くことを祈るさ……)」

ヴェーラは覚悟を決めていた。後ろ向きで、何も生まない、ただ終わるだけの覚悟。《王家の影》を辞するとなれば、彼女は確実に消される。そして、それをヴェーラも知っている。分からないはずもない。

誉れ高きアダム殿下の近衛候補。

《王家の影》の同年代からは嫉妬もされた。嫌がらせもされた。どうせ体を使ったんだろうと、そんなことを言われることもあった。だが、彼女は近衛候補に選ばれたこと自体に喜びも興味もなかった。思えば、あの頃から心が悲鳴を上げていた……心の中の幼いヴェーラの泣き声を微かに認識していたのかも知れない。

死出の旅立ち。ヴェーラは往く。

「……お別れです。アル様。私が言えることではありませんが……サイラスたちが陽のあたる場所で、真っ当に暮らせるようにどうか御助力を……伏してお願い申し上げます」

両膝で跪き、頭を床につけるように下げる。アルの前世にもある所謂土下座。この世界では滅多に見ないが、意味するところは似たようなもの。誇りを打ち棄てた礼であり、失態を犯した者が、女神や目上の者へ赦しを請う際の作法として扱われている。

「(えぇ……誰かに跪かれるのも慣れてない上、土下座とか引くんだけど……そこまでのことなの？　……まぁ《王家の影》が嫌ならそれで良いけど、サイラスたちがそこまで気になるなら……)」

ヴェーラは己の失態の赦しより、ただただ過去の自分《サイラスたち》の先行きを願って頭を下げていた。

そんな祈りともとれる時間の中、頭上からアルの言葉。

「あの……本当にヴェーラ殿が《王家の影》を辞するなら……背景がなくなるなら、サイラスたちの纏め役をお願いしたいんですけど……？」

そこまでの覚悟とは露知らず、アルは思いつきのような考えを普通にヴェーラにお願いしてみる。

「…………は？」

思わず伏せていた顔を上げるヴェーラ。


「……それで？　貴様が外民の町で行う事業の手伝いにヴェーラを寄越せと？」

「まぁ端的に言えばそうですね。ちなみにコレも『託宣の神子』に関連することですよ？」

いつの間にかビクター班の内密の集合場所と化したサロン室。

ソファに腰かけ、テーブルを挟んでアルはビクターと対峙している。引き抜き交渉。

「……くだらん。町の噂話などを集めて何になる？　しかも使うのはスラムの連中だと？　そんな奴らを使って何ができるというのだ。連中の支援をしたいなら、教会に寄進でもするんだな」

「いやぁ……そうは言いますけど、町中にも例の黒いマナがチラつく人はそれなりにいますよ？　正直な話、王侯貴族に教会、学院関係については、ビクター殿をはじめとした超がつくほど優秀な面々のサポートもあるし、神子たちへの顔繋ぎで問題はそうないでしょう。でも、町の中はそうじゃない。平民の中にも〝敵〟はいますよ。全部は無理でも、引っ掛かるモノがあれば、事前にそれを潰すことはできるかも知れない。今のところ、黒いマナを確認できるのは僕だけですし……どうせなら他が手を付けてないところに回ろうかと思いましてね」

平気な顔でスラスラと適当なことを述べる。半分以上は本当のことだが、クエストに関して、アルは、ビクターはもとよりこの世界の者に理解してもらえるとは思っていない。

「(う〜ん……そう考えると不便だよなぁ。僕以外にも転生なり転移なり憑依なり……そんな連中はいないのかな？　今まではあんまり考えなかったけど……どうせゲーム設定のストーリーは、主人公たちが十六歳から二十歳までの四年間もあるんだ。僕と似たような境遇の奴を探してみるのも良いかな？　いや、やはり面倒くさいことになるか？　この世界はゲームだ！　……うん。普通に異端審問コースだな)」

アルはまるで関係のないことを考えながら、お茶を啜りビクターの反応を待つ。彼は彼で考えている。アルの狙いを。

「(コイツ……何が目的だ？　ヴェーラの素性に気付いたか？　本気でスラムの連中を使って情報収集をする気なのか？　他の暗部の中にはそんな手法を使う連中もいるが……？)」

「(なんだよ。ハッキリしないな。そんなにヴェーラ殿が惜しいなら、もっと待遇を良くしてやれよ。彼女は自由がなくて泣いてたぞ。……まぁ本当にそんな理由かどうかは知らんけど)」

嚙み合ってはいないが、当然表には出ない。静かに向かい合ってお茶を飲んでいる二人。いや、もう一人。人外の化け物が二人のやり取りをどうでも良さそうに眺めている。

そして、不意に化け物が口を挟む。

「小僧。おぬしがしようとすることは、『託宣の神子』の利に繋がっているのだな？」

「う～ん……いや～利に繋がるかと言われると、決してそうではありませんね。言うなれば、害の方を減らす……という感じでしょうか？　まぁ確実なことは言えませんけど」

人外の化け物。エルフもどきのクレアの紅い瞳がアルを射抜く。

彼女の瞳は血のような紅。

この世界においては、上級アンデッドの……不浄なる不死の属性を持つ存在の証だとされている。ただ、彼女の存在は教会すら容認しているので、アンデッドの類ではないとされているが……その真偽、クレアの正体については極限られた者しか知らない。

「アルバート・ファルコナー。私からも改めて単純な質問だ。……貴様、ヴェーラを愛人にでもするつもりか？　彼女の色香に惑ったか？」

次に、大真面目な顔でビクターからの問い掛け。普段は乱れることの少ないアルのマナが乱れた。主に笑いで。

「ぶっ！　……あ、あはははははッ‼」

「き、貴様ッ‼　何がおかしいッ⁉」

突然の笑い声に怒声。

異常事態を察知したヨエルとラウノ、そしてヴェーラが部屋に飛び込んでくる。

「……よい。三人とも。問題はない。ビクターが阿呆な質問をしただけだ」

軽く手を上げ、三人を制するクレア。流石に先ほどのビクターの問いには彼女も呆れが隠せない。

「あははっ……は、はぁ……いやぁ～ビクター殿がそんな趣味だとは思わなくて、つい笑いが。いえ、個人の性的な好みをとやかく言うつもりはありませんけどね……ぷっ……」

「き、貴様ッ……！」

「やめろビクター。今のはお主が悪い。くは。……つまらない奴だとは思っていたが、まさかここまで阿呆だとはな……」

ヨエルたちには状況が分からない。何が何だか分からない。ただ、自分たちの直接の上役であるビクターがミスをしたのだろうとは察した。

「いやぁまったくその通り。阿呆な問いですね。僕がヴェーラ殿を愛人にしたい？　色香に惑った？　いやぁ……本人の前でこんなことを言うのは何ですけど……」

アルはチラリとヴェーラを見る。そんなことを言われているとは思わない彼女も、少し表情が強張る。まさかそんな風に見られていたのか？　緊張が走る。心に。

「……ほんの子供だろ？　幼い子供だ。そんな子を色欲の目で見るのか？　……オマエは？」

視線をビクターに戻した際、アルの瞳が光を失う。乱れたマナが平坦に止まる。狂戦士仕様。

「……う……くッ……！」

「答えろよビクター殿。ただ、悪いが僕は〝そういう奴〟が単純に嫌いだ。答えは慎重に選ぶべきだね」

「止めろ、小僧。今回はビクターが阿呆だった。それだけだ。此奴も特に深く考えないで言葉を発しただけ。……まぁそんな些細なことが命取りになることもあるがな」

アルとて分かっている。ビクターの発言は揺さぶりをかけて、揚げ足を取るための仕込みの一つだったのだろう。だが、その仕込みの発言で自身の足を掬われる形となっただけ。

しかし、ビクターが致命的な失言をしたことに変わりはない。そして、アルがビクターの発言に苛立ちを覚えるのも自然。

「まぁ……別に構いませんけど。良かったですね？　ビクター殿。ここがファルコナー領であれば、今の発言だけで死んでいます。少なくとも、ファルコナー領……過酷な辺境では、敵でない限り、子を産むことができる女性へは敬意を払うものです。そして、可能性の塊である子供は皆の宝。……子を産めないほどの幼女を性の対象とする奴は……二つの意味で死に値するというわけです。ビクター殿はファルコナー領へ立ち入らないことをおススメしますね。用事もないでしょうけど」

「……くッ！　言わせておけば……ッ‼」

自身のことを子供だの幼女だの言われたヴェーラは少し複雑な気持ちだったが、同時に恥ずかしくもなる。

アルはヴェーラ自身が蓋をして閉じ込めていた、泣きじゃくる幼いヴェーラのことを言っている。彼は気付いていたのだ。ヴェーラ自身ですら、ついこの間までは目を逸らしてたことに。

「くはは。酷い言われようだなビクター？　だが、ワタシも今の小僧の発言には完全に同意だ。

「………ヴェーラよ」

「……ッ！　は、はい！」

紅い瞳がヴェーラを捉える。クレアの存在は知っていたが、直接話をすることなどなかった。まさに雲上人。それに、ヴェーラがマナを一切感知できないのは彼女が初めてのこと。恐らくマナの制御をはじめとした、あらゆる能力に差があり過ぎるのだろうと予想している。

「おぬしは《王家の影》を辞して、この小僧の協力者となる道を選ぶか？」

「……あ……か、可能であるなら……私は……《王家の影》……を辞め、別の可能性を……求めたい……です」

紅い瞳。不浄の象徴。不死の属性。

しかし、ヴェーラはその時、何故かクレアの紅い瞳に暖かいものを感じたという。もしかすると、彼女が見つめていたのは、幼いヴェーラの方だったのか。真相は分からない。

「くは。……ビクター。ヴェーラは紐を付けた状態で《王家の影》を辞する。そして、使徒である小僧の協力者として動く。その形で処理しろ。もちろん、小僧が使徒であることは伏せろ。だが、匂わせる程度は良い。ヴェーラの代わりはいずれ調達する。ヨエルとラウノはしばらくそのままだ。あぁ、あと、ある程度の金はヴェーラや小僧にも渡るようにしておけ」

「……承知しました」

不満も疑問も自らの不名誉な性的嗜好のレッテルすら飲み込んで、ビクターは首肯する。逆らうことなど有り得ない。ヨエルとラウノも同じくだ。

「《王家の影》を辞する形とするが……ヴェーラよ。神子や使徒関連ではこちらにも情報を共有してもらうし、時には動いてもらうぞ。小僧もそれで良いな?」

「ええ。僕は構いません。というか、むしろ《王家の影》との情報共有は僕の方からお願いしたいですし」

「……はい。私が《王家の影》への協力を惜しむことはありません」

怠惰のクレアの鶴の一声。それで決まり。

そして、ヴェーラの新たな戦いの始まり。

第八話　狂戦士の従者

アンガスの宿の別棟。

そこを拠点としてアルが『なんちゃって冒険者ギルド』構想を始動させてから一ケ月が経過している。

まだまだ本格的にサイラスたちを民衆区に放つところまでいかない。準備中の状態。ただ、幸いなことに宿の主であるバルガスがアルの構想に乗った。当初は一ケ月だけ、常連の護衛団が戻ってくれれば明け渡すという約束だったが、バルガスが話を付け、宿の近隣にある二階建ての空き家を借り受けることができた。今はそちらへ移るための準備中でもある。

「サイラス。年長組はどう？　仕事には少し慣れた？」

「あ、アル様。はい。何とかやれています。ジョーイとエリザはバルガスさんの好意もありますが、アンガスの宿での仕事も順調なようです。サジも職人通りで下働きとして採用されました。ただ……年少の子たちは、流石にまだどうしようもなくて……」

十歳以上の者を年長。十歳未満を年少とざっくりと分けている。

年長はサイラス、ジョーイ、サジ、エリザの四名となっているが、バルガスの好意と繋ぎもあって、全員が下働きとして外民の町で働いている。

年少の者は五名いるが、まだまだ仕事に出ることは難しい。まず、かなり弱っていたのだ。

「ああ。別に構わない。それなりに金はあるからね。年少組もヴェーラと仲良くやっているようだし、慌てることはないさ」

そしてヴェーラ。彼女は《王家の影》を辞し、そのままアルの従者という形に落ち着いた。アルとしては、別に従者でなくても……と、伝えたのだが、ヴェーラが頑なに譲らなかった結果だ。ただし、今ではそのほとんどの時間をアルの従者ではなく、年少組たちの世話係として過ごしている。

「……代わりと言っては何ですが……アル様。僕が働く酒場にて、少し気になる話がありました」

「いいね。聞かせてもらおうか」

街の噂や困りごとのある人々の情報。今のところはほとんどがサイラスからだが、別にアルは気にしていない。

上手く行けばいいし、ダメなら普通に彼等への支援として定着させれば良いというだけ。そんな鷹揚さがあった。

「アル様。『ギルド』にいらっしゃるなら声を掛けて下されば……」

「いや、チラッと見たら、年少組の子たちとのんびりしていたから悪いと思ってね。サイラスから情報を少し聞いただけで、特別に用事はなかったしさ」

《王家の影》を辞してから、ヴェーラはどこか力が抜けた。張り詰めていたモノが緩くなったと言うべきか。

過酷な訓練もない。殺し合いもない。欺瞞に満ちた駆け引きや足の引っ張り合いもない。

そんな中で、元・スラムの子たちの世話することにより、彼女は泣きじゃくる幼いヴェーラを……過去の自分を育て直しているとも言える。

「申し訳ございません。本来は従者としてアル様のお供をしなければならないのに……」

「いや、だから別にずっとは要らないから。必要な時は声を掛けるし。用事もないのにお供をされるより、年少組たちの世話をしてくれている方がずっと良い。助かっているから。ありがとう」

感謝。労いの言葉。気遣い。

どれも《王家の影》にはなかったもの。訓練のノルマはクリアして当たり前。任務を達成するのは当然のこと。失敗すれば懲罰が待っている。

だが、ここにはない。懲罰も叱責もノルマも。気を張り詰めなくても許される。

ヴェーラは子供たちと共に夜を過ごすが……過去の悍ましい記憶を夢に見て飛び起きることが未だにある。そんな時は、幼い子供たちが逆にヴェーラを慰めてくれる。抱きしめてくれる。眠りにつくまで一緒に傍にいてくれる。

両親が亡くなって以来、彼女の心は初めて安寧を得た。

魔法はイメージが重要。

当人の心象風景が反映される。

真相は不明。

ただ、これまでのように訓練に時間を割かなくなったにもかかわらず……ヴェーラの『縛鎖』は強力になった。反応速度と操作に軽さが増し、キレが鋭くなった。これまでは、鎖を操作する際に重い引っ掛かりのようなものがあったそうだが、それがほぼ消失したのだという。

「それで？　今回はどのようなことを？」

「ハズレだと思うけど……かつてサイラスたちを支援していた助祭の死霊が再び現れたっていう話。一旦は消えていたらしいんだけどね。場所はあの廃教会跡周辺だよ。ただ、感触としては、死霊の噂を撒いているのは、近付いて欲しくない連中がいるからじゃないのか？　……というのがサイラスの聞いた話」

サイラスが仕入れてきた噂。

既に廃教会の死霊は祓われたが、あくまでメアリの方のみ。フランツ助祭の死霊は逃げ果せていた。勿論教会はそんなことを言わないが……確実に彷徨う死霊が一体。野放しになっている。

そして、その状況を隠れ蓑として暗躍する者たちがいるのではないかという噂。

「(う～ん……記憶にはまったく引っ掛からない。違法な取引をする連中かな？　いや、そもそもフランツ助祭の死霊が野放しなんてのもゲームにはなかったし、もう細かい部分でゲームの方を気にし過ぎるのは駄目だね。主人公たちも順調にお偉方との親交を深めているし……僕は戦争の気配、魔族の暗躍を注視するさ)」

アルはいつもの如く黙考しながら目的地へ向かう。そして、その姿を微笑みながら見守る従者たるヴェーラが、まるで守護者のように付き従う。


「やっぱりね。ただのチンピラたちか」

「……いえ。アル様。魔道士はただのチンピラではないかと……」

少し時間を潰し、夜の闇が町を包む頃。その闇に抱かれて動きを見せた連中がいた。マナの素養がある。つまりは〈貴族に連なる者〉。魔道士。

その身なりは裏通り仕様。態度も粗雑でチンピラくずれであると見て取れる。擬態。実態は組織の兵として動くことを徹底している連中。動きが明らかに訓練されたもの。マナの流動も貴族くずれや似非魔道士とは一線を画す。

「冗談だよ。いきなり大当たりを引いて驚いているだけさ。ただ、どこの紐が付いているのか知らないけど、紐の先……画策した奴らは阿呆だけどね」

「……ええ。この周辺はダリル殿の魔法の〝お披露目会〟があって以降、教会が目を光らせています。死霊が野放しになっている件を噂で撒く以上、連中とて教会の動きは知っているはずですが……？」

わざわざ教会の目がある場所で動かなくても。そんな呆れとも言える思いをアルとヴェーラは抱く。もしやそれすらも罠なのか？　……と、疑う気持ちもある。

「建物の中に八。外の見張りが三。離れたところで隠れ潜んでいるのが二。能力的にも本命は隠れ潜んでいる二人。……こっちを締め上げる。薄《うっす》らと黒いマナを感じるのもこの二人だけだ」

「……承知しました。では、残りは？」

「とりあえず保留。まずは強い方の一人を攫って逃げる」

狂戦士とその従者が動く。

まずは隠れ潜んでいる二人の内、目標と定めた一人の方へ。頭一つ分以上、他の者より能力が高いと見越される者。粗末な小屋の中でじっと息を潜め、他の連中がたむろしている、廃屋に偽装した屋敷を見張っている。男。魔道士。とある貴族家の私兵。

彼は他の連中にある取引をさせ、そこに踏み込んでくる敵対組織の連中を撃退するという役割を担っていた。

この周辺が、教会に目を付けられていることを承知の上での計画の決行。男自身としては、雇い主に計画の変更、延期、せめて場所を変えることの意見具申を行うも、すげなく却下。無謀な計画の尻ぬぐいをする羽目になる。

「（くそッ！　いくら堅い取引だとしても、ここは場所が悪過ぎる。敵を誘い込む前に教会の連中に踏み込まれたらどうする気だ！　まったく！）」

男の危惧はもっともな話。何故なら、彼等が取引するのは特殊な品。それも魔族の関わるモノ。現実には都貴族家の中でも横行している取引であり、珍妙にしてコレクションする連中すらいる。

今回、彼等が罠に嵌めようとしているのは、敵対派閥の好事家貴族。特殊な品をコレクションし、眺めるだけでは飽き足らず、〝違う品物〟にも手を出し始めたという噂もある。

教会とて都貴族の〝いけないお遊び〟くらいは黙認しているが……現場を押さえられてはどうしようもない。流石にモノがモノだけに揉み消しも難しい。

そんな状況で、好事家貴族の嗜好に合致する品物を用意し、連日に渡って取引を続け、手の者をおびき寄せるという雑な算段。だが、件の好事家貴族は横取り上等な気質もあり、これまでにも似たような騒ぎを起こしている。情報操作も手伝い、確実に乗って来ることも読めているという馬鹿馬鹿しさ。

私兵の男からすれば、教会の踏み込みの方が万倍も怖い。

だが、彼は知る。結果は同じだったと。

「……ッ⁉　こ、ここはッ⁉」

私兵の男が目覚める。いや、意識を失った記憶すらない。気付いたら場面がいきなり切り替わっていた。

確認。椅子に縛り付けられている。鎖だ。身動きは取れない。だが目隠しはなし。口も塞がれてはいない。

「(……一体何があった……敵側の貴族家？　この鎖は魔法によるものか？　……いや、連中にそこまでの戦力はないはず。精々が俺と同程度の使い手だけだ。もしや誰かを雇ったか？　……それとも教会関係者か？　……くそ‼　だから嫌だったんだ！　変態貴族を誘き出すために〝あんなモノ〟を扱うなどッ‼　教会連中なら、確実に異端審問が待っているッ‼）」

男は単純に魔道士としては平均を少し超える程度。だが、ただの魔道士というより、裏社会での実戦経験が長く、その経験からくる危機感知能力はかなりのもの。今回の作戦も男は反対だった。その予想が悪い方で的中した形。

「やぁ。目が覚めた？」

「……ッ⁉」

声。真後ろから。男はまったく気配が読めなかった。

「……何の用だ」

「へぇ。流石だね。一瞬でマナを鎮めた。かなりの使い手だ。出会い方が違ったなら、前線の兵としてスカウトしていたかもね」

二つの影が男の前へ回り込む。

「（……ちッ！　女も⁉　もう一人いたとは！　くそ！　なんて奴らだ。声を掛けられてもまるで気配が感じられなかった。これは無理か……？）」

「先に言っておくよ。全員死んだ。……まさか〝あんなモノ〟の取引だとはね。ああ、貴方たちの目的だった変態貴族……デラニー子爵家の手の者も全員始末した。誰も生き残っていない。貴方が最後だ」

アルたちは速やかに目の前の男を無力化し、その身柄を別へ移そうとしたまさにその時、タイミングが良いのか悪いのか……取引相手の者たちと、その取引に横槍を入れる襲撃者たちが現れた。

一気に闘争の場へと変わり、アルとヴェーラは息を潜めてその様子を眺めることにしていたのだが……闘争の合間、ふと取引の品が見えた。何かの拍子に木箱の中から転がり落ちたのだ。

容器に入った頭部の剥製。

ヒト族ではない。少なくともヒト族ではない特徴を持った者たちの頭部。

額に角の生えた幼児。

髪の色が鮮やかな紫をした少年。

目や耳に猫科の獣のような特徴のある少女。

そんな品物たち。遺体。

アルの眼には、隠れ潜んでいた二人にしか黒いマナは視えなかった。それ以外の連中はシロ。特別に『託宣の神子』を害する者たちではなかった。

が、アルは決めた。こいつ等を始末すると。

そして、そんな主の意を汲んだ尖兵が動く。

ヴェーラ。彼女の『縛鎖』が舞い踊る。

鎖に貫かれる者。

巻き付かれてそのまま潰される者。

鞭のように打たれて、その身を引き裂かれた者。

鎖に縛られ、振り回しからの叩きつけにより壁や地面のシミになった者。

一人二人からある程度の情報を聞き出した後、全員を始末した。瞬時にやられた連中はまったく状況を把握できなかったはず。ほんの一時のことだ。

安寧を得たヴェーラ。

彼女に自覚はないが、実のところ、やっていることは《王家の影》の時とさほど変わらない。いや、かつてよりある意味では凄惨とも言える。少なくとも、以前の彼女には人を殺すことには迷いがあったが……今は違う。

彼女は気付かない。良心の呵責によって躊躇していたことを、今では顔色一つ変えずにできるようになったことを。

「……ふん。そんな嘘っぱちで俺がビビるとでも？」

「いや、ただの事実だ。あと、貴方から聞きたいことも一つだけなんだ。それも確認程度。……貴方はドレーク子爵家の私兵で間違いない？」

「…………」

男は答えない。当然のことだ。それに男には計算もあった。相手はまともにやり合って敵う相手ではない。だが、既にドレーク子爵家の名を知っている。自分には利用価値がある。そう簡単には殺されないと考えた。

「あっそ。じゃあいいや」

「……なッ！　ぎゃがッ⁉」

巻き付いてた鎖がほんの一瞬で男の体を〝潰す〟。飛び散る血と肉片。当然、そんな物で体を汚す趣味もなく、既にアルは〝ドレーク子爵家の私兵だったモノ〟から距離をとっていた。

「……これで終わりですね。ドレーク子爵家が関与した言質は取れませんでしたが？」

「いいよ。あくまで形だけの確認だ。別に僕たちは捜査機関じゃない。証拠なんて要らないよ。それに、流石にここまで派手にやれば本職が調べるでしょ」

「……彼等の遺体はどうしますか？」

取引連中を殺しても平然としていたヴェーラの表情が曇る。

彼女が言う遺体は連中のモノではない。

取引の商品。剥製の頭部。魔族の子供たちの遺体。

「……できれば弔ってやりたいけど、彼等は証拠品でもある。彼等の姿を見れば、流石に教会が介入するはず。明らかに魔族の子供たちだ。どこで手に入れたのか等を含めて動く。そうだろう？」

「……はい。魔族関連については、王国の捜査機関や治安騎士ではなく、教会の聖堂騎士団が介入することになります。大貴族家でもなければ、教会や聖堂騎士団を買収するなどの裏取引はできないかと……」

アルは少し考える。

戦場で敵を殺すのはいい。戦いなのだから。相手を殺さないとこちらが殺される。単純な話だ。

だが、これは違う。相手が魔族という理由だけで何をしても良いという論理にはならない。いや、国や教会が許している以上、ヒト族が魔族を害するのは正義なのだということはアルにも分かってはいる。戦争となれば、略奪なども発生するし、魔族側だってヒト族を蹂躙するだろう。

「（……はぁ。やはり僕はイベントと引き合うのか？　まさかこんな現場を引き当てるとはね……モブのはずなのにさ。ゲームにもこんな胸糞悪いエピソードがあったのか？　……まぁあったとしても結局はサラッと流れて終わりだっただろうな。子供の頭部の剥製とか……流石に規制に引っ掛かるだろ。それにしても……腑抜けているだけなら仕方ないと思っていたけど、都貴族の中にはこうも腐った奴らが混じっているのか。残念だ。本当に。教会や大貴族に囲われている主人公たちは、都貴族のこんな面を知ることはないんだろうなぁ……はぁ……別に世直しがしたいわけじゃないけど……今後も腐った連中と関わることがあれば始末するか。まぁどうせ貴族家当主にまでは届かないだろうけど、嫌がらせくらいにはなるだろ）」

　アルは『ギルド』を通じて、平民関連のクエストの発生を少しでも予見できれば……そんな程度であり、それほどに期待はしていなかった。咄嗟の思いつきのようなモノ。

だが、今回は図らずとも貴族家同士のくだらない争いにかち合うことに……特にそんなクエストがあったことなど覚えてもいないが……この分だと〝次〟がありそうだとも感じていた。

「……ヴェーラ。君が本来は戦いを好まない気質なのは知っている。本当はサイラスたち『ギルド』のことだけをお願いしたかったんだけど……今回のようなことはこれからも続きそうだ。……僕に力を貸して欲しい。お願いできるだろうか？」

「お望みとあらば。私に安寧と居場所を与えて下さったアル様のためならば、どのようなことであっても厭うことはありません。決して……」

ヴェーラは気付かない。

アルの背後に感じた漠然とした不吉の影。かつて彼女が幻視していたモノ。

ヴェーラは自分自身がその影の一部になったことを知らない。気付かない。いや、気付いたとしても、アルのために、サイラスたちのために、自らの場所を守るために……と、止まることはないだろう。

ヴェーラ。彼女こそがアルのための尖兵であり盾。死兵。

狂戦士の従者。

そして『使徒』アルバート。

彼は『託宣の神子』に仇を為す者たち、その可能性を調べるために『ギルド』を稼働させた。

《王家の影》であったヴェーラという従者と、スラム出身者たちを伴って。

ヴェーラを生かした。ギルドを創った。

ここが分岐点だった。そしてもう戻れはしない。

彼は屍山血河の道を征く。本人はそうだとは知らずに。

胎動

第一話 状況確認

アルが入学して半年が経過。つまり彼が王都に来てからほぼ一年。

再び新たな入学者を迎える時期となっていた。

ゲーム本来のストーリーであれば、新入生の中にも重要キャラが配置されているが、既にアルは諦めた。

細かいストーリーもうろ覚えな上、この世界での独自設定がボロボロと出てきているため、主人公たちの動向を確認すること、黒いマナを目印に動くこと、『ギルド』で拾えるクエストに対応すること……大まかにこの三つで動くと割り切っていた。

「(なんちゃって冒険者ギルドの方は、まだまだサイラスたちへの福祉支援の範疇だけど、たまにクエスト的なモノを拾えるようにはなった。ダリル殿たちもあの『白いマナ』の謎を解くために割と大々的に教会の上層部や大貴族家との関わりが増えてきているようだし……そろそろ王都での陰謀劇に巻き込まれたりするのか？　いや、陰謀と言えば『託宣の神子』を取り巻くす全てがそうなるか。まぁとりあえず、アダム殿下関連がどうなっているのかだけでも聞いておくかな)」

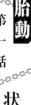

アルが実験的に稼働した『ギルド』。今は「アンガスの宿」の主人であるバルガスの好意と顔繋ぎで借り受けた、外民の町の二階建ての一軒家が拠点となっている。

クエストの予兆を知るという、本来の目的ではそれほどの成果はないが、サイラスたちには大きな救いの手となった。ヴェーラにとっても。

一方でゲームの主人公であり『託宣の神子』であるダリルとセシリーは、基礎魔法で死霊メアリを建物ごと吹き飛ばした一件で、調査という名目により教会と密接な繋がりを持ち、それは今も続いている。

その後、教会の影響そのままに大貴族家や古貴族家、王家との繋がりまで……順調にイベントをこなしていると言える。

「ヴェーラ。僕はしばらく学院の寮で過ごすよ。少し確認したいこともあるし……『ギルド』の方はお願いしてもいい？」

「承知しました。……アル様、しばらくとはどの程度でしょうか？」

アルとヴェーラ。狂戦士と従者。

ヴェーラがアルを積極的に理解しようとしたためか、彼女は現在、アルが望む従者の姿を概ね実践できている。流石にまだ言葉なくして通じ合うほどではないが、信頼関係は醸成されつつある。

「え？　う～ん……まぁ二週間ほどかな？　ちょっと確認したいこともあるしね」

「……そうですか。少し寂しいと感じます。……勿論、『ギルド』のことはお任せ下さい。滞りなく対応しますので……」

ふとヴェーラの顔が曇る。彼女は《王家の影》に在籍していた時よりも感情が表情や言葉に出るようになってきている。心の中の幼いヴェーラが、徐々に成長して一つになりつつあるのかも知れない。

「ありがとう。『ギルド』の方は任せたよ。あと、別に寂しいなら会いにくれば良いし、僕もこっちに顔を出すよ？」

「……ヴッ……い、いえ。……い、いや……そ、そうですね。私もアル様のお顔を拝見しに学院に伺うようにいたします……はい」

まだ阿吽の呼吸には遠い主従の二人。

「(さて。授業にはある程度は出ているけど、寮で過ごすのは久しぶりだな。今ではすっかり『ギルド』の方が拠点だし。まずはヨエル殿たちに挨拶して情報交換かな。アダム殿下関連のイベントが始まっているなら、学院内の黒いマナの持ち主を少し確認しておきたいな。確か、アダム殿下が襲われるイベントがあったはず。婚約解消の後くらいだったか？　流石にまだそんな事件は起きていないだろ。もうあんまり覚えてないけど……殿下襲撃からの流れでストーリーが大きく進行していった気がする)」

必修となる授業以外では、アルはほとんど学院にいない。そもそもストーリー進行上、序盤は学院が舞台となることが多く、それをなるべく邪魔しないようにという配慮として。

あと、ビクター班から『あまりウロチョロするな』という無言の圧という現実的な理由もあったという。

学院を見渡すと、黒いマナを持つ者たちもだが、明らかに重要キャラ感のある者たちが以前より目に付くようになっていた。

「(……やはり学院はイベントの宝庫か……何らかの動きがありそうだ。既にこの世界はゲームの正規ルートとは切り離されたと考えるべきだろうけど……見覚えはなくても、明らかにゲーム設定のキャラもいるしなぁ……オネエ言葉のマッチョ教師とか、ボクっ娘とか、この世界のじゃなくて、ゲームフィクション的なメイド服着ている奴とか……かなり世界観から浮いてるんだよなぁ……ああいう連中には近付きたくないな……)」

いつもの如く黙考しながら歩くアル。

そしてそこへ近付く影。不穏な空気はないが、アルとしてはできれば関わりたくない相手。さりとて無視するわけにもいかず、相手の接近に合わせて立ち止まる。

「……アルバート殿ですね？　少しお時間をよろしいでしょうか？」

「別に構いませんが……失礼ですが貴方は？」

「これは失礼いたしました。私はコンラッドと申します」

その身なりと気配は如何にも都貴族に仕える者。コンラッドと名乗った者は儀礼的に洗練された動きであり、彼自身もそれなり以上の家柄であることが窺える。

学院の辺境貴族組では一度も見かけたことがない顔。接点もない。

「ご丁寧に……僕はアルバートです。アルと呼んでもらって構いません。当然、コンラッド殿自身が僕に用があるというわけではないのでしょうね？」

「話が早くて助かります。私はある御方に仕えている身です。主家の御方がアル殿に……いえ、ファルコナー家の方に興味を持たれまして……お声を掛けさせて頂いた次第です。誠に失礼ながら、家名については調べさせて頂きました。申し訳ございません」

そう言ってコンラッドは頭を下げる。一応、戦場を征く貴族式の礼ではあるものの、アルからすると、いちいち芝居がかって胡散臭い。だが、それが都貴族家の特徴であることも承知しているため、当然顔には出さない。

そして、アル自身は特に気にはしていないが多少は知っていた。実のところ、ファルコナーは都貴族にもそこそこ知られている家名であり、武芸……特に武器を用いての接近戦を得手とする家々においては、有名だと言っても過言ではないと。

「……はぁ。ファルコナーに興味がある……腕試しや指南的なことでしょうか？　ファルコナー家の技は、コンラッド殿がお仕えするような雅な御方にお見せするモノではありませんし、指南などは以ての外ですけど？」

アルは言っていて哀しくなる。口にしたそれらが、決して大袈裟でも謙遜でもなく、普通に事実だから猶更だ。ファルコナーの技は単純明快。基礎を覚えたら大森林に放り込まれるだけ。やったね。数日中に技を磨かないと死ぬよ！　……正しい意味で、色々とオカシイ。

「申し訳ございません。私自身も主がアル殿に何を望まれているのかまでは存じていないのです。誠に勝手ではありますが……主に会っては頂けないでしょうか？」

コンラッドの態度はいっそ慇懃無礼にも見える上に、主の望みを知らないなどは白々しく嘘だ。それでも彼の礼と気配には、立場上のモノは別として、相手への敬意と誠意が見えた。少なくともアルはそう感じた。

礼を尽くす相手には礼を。

これもファルコナーの『やられたらやり返す』の範疇。

もっとも、自身の暴力で切り抜けられるなら、無礼な者に尽くす礼はない……となるのも、ファルコナーの身勝手な流儀の一つではある。

そして、クレアほどの者に暴力で理不尽を迫られたら……それはそれとして尻尾を巻くのもファルコナー。

「コンラッド殿の礼にはお応えしましょう。今からでしょうか？」

「……ッ！　ありがとうございます。本日は先触れのようなもの。よろしければ後日、改めてお迎えに上がります」

アルはこうして、久しぶりに学院で過ごそうと思った初日にイベントらしきモノに引き合った。

コンラッドは三日後に迎えに来るとのことなので、それまでに《王家の影》との情報交換……と言いつつ、実態はただアルが情報をもらうだけだが……そちらを先に済ませることに。

「それで、神子の二人はどうですか？」

「……アル殿。天気を尋ねるような軽さで神子の名を出さないで欲しいのだが……」

　ヨエルたちが『託宣の神子』から離れているところを見計らって声を掛ける。

　今では、ヨエルたちは神子の付き人のようなポジションに収まっており、中々にタイミングが掴めないことも多い。

「まぁそう言わずに。周りの気配は流石にチェックしていますよ？」

「まったく……どうしてアル殿はそう物怖じしないのか……特にビクター様やクレア様の前に出る時など、居合わせるこちらの方こそ気が気ではないのだが……」

　流石にビクターは別として、ヨエルたちとはアルも少しは打ち解けてきている。少し気軽過ぎるきらいもあるが。あと、無口なラウノが本当はどう思っているかは不明。今もヨエルの横でふんふんと頷いているだけ。

「首輪付きとは言え、僕なんか所詮は外様の者ですからね。生え抜きというか……組織の中にいるヨエル殿たちとは違いますよ。……それで？　どうなんです？」

「はぁ……あのお二人は順調に教会や王国の重鎮との顔繋ぎを行っている。例の〝白いマナ〟についても、その性質の確認や習熟に余念もない。あと、一応はアダム殿下とも顔繋ぎも行ってはいるが、やはりまだダリル殿とは親交を深めるどころではない……というところです。それどころか、アリエル様のことで……いや、これは余計な話か……」

　言い淀むヨエルに、そこを何とかと食い下がり、アルがしつこく聞いたところ……。

　ダリルたちはアダム殿下やアリエル嬢との顔合わせを行ったが、そもそもこの学院では家名ではなく名で呼ぶことが当たり前。むしろお互いが家名を知り、呼び合うというのは親密な証とも言えるため、アダム殿下は不承不承アリエル嬢とダリルに対して、名で呼び合うことを承諾したそうだが……名を呼び合うだけでは済まない二人の親密さに気分を害したとのこと。もっとも、アリエル嬢からするとダリルを〝オトす〟というのは王命にも等しく、当然の対応なのだが……事情を知らぬアダム殿下のご機嫌取りもしなくてはならず、かなりの心労があったらしい。流石にこれはその場の誰も知らぬ話。

不自然にならぬようにと、アリエル嬢は、同じく幼き日に交流のあったセシリーとも親交を深めているが、今ではむしろセシリーとの関わりこそがアリエル嬢の安息にもなっているという話。

「(なるほどね。アリエル嬢とアダム殿下はまだ婚約を解消していないのか……あくまで参考程度だけど、ストーリー的にはまだまだ序盤ってことだろうな。しっかし、ガチガチに周りを固められているとはいえ、完全に勝ち組だな、主人公の二人は……)」

ゲームとは違いレベルなどがない世界。学院での腕試しや魔法の研究などはあるが、特に主人公たちがクエストやダンジョンで奔走することもない。

そんな状態で、集団戦である戦争はともかくとして、ゲームで描かれた、主人公パーティという個でのラスボス戦。アルには少し懸念があったが……あの〝白いマナ〟が切り札となり得る。

ゲームにおいてのラスボスは、紆余曲折を経て魔族領に顕現する不浄の王。最上級のアンデッド。

つまり、この世界の『託宣の神子』は、チマチマと魔物を倒してのレベルアップなどを経ずに、対アンデッド用の最終兵器的なモノを初期装備として備えていたことになる。あとはその習熟だが……それこそがゲーム的なレベルアップの代わりになるものとアルは見ている。

　また、貴族社会や教会との繋がりも強固になりつつあり、現状、託宣に示されていた王国の千年の繁栄に向けて突き進んでいるとも言える。

「ある程度事情を知った上で、知らない振りをするヨエル殿やアリエル嬢たちの苦労が偲ばれますね。……というか、そもそもヨエル殿たちはアダム殿下の近衛候補なのに……かなり難易度が上がっていませんか？」

「……アル殿。言ってくれるな。私たちもどうしたものかと……。アダム殿下は我等諸共に『ダリル一派』だと見ておられる状況だからな……唯一セシリー殿だけが普通に顔合わせができたように思う。……はぁ。セシリー殿に対しても申し訳ない」

　珍しく愚痴を吐くヨエル。横にいるラウノも同じく浮かない顔ではある。

　これまたアルがしつこく聞いたところによると、セシリーはヨエルたちを含めて周りの者たちに若干の不信がある様子。その様子を知りながら、彼女を騙すようで申し訳ないと……ヨエルたちも後ろめたさがあるという。

《王家の影》。汚れ仕事すら厭わないと言われているが、やはりアダム殿下の近衛候補として選出されるだけあって、王道を征く者に仕えるに相応しい清廉潔白さもヨエルたちは備えている。

だからこそ、余計にヴェーラは自身の役回りを〝そういう方面〟で想定していたという実情もあった。

「まぁこちらの話は良いとして……ヴェーラは元気でやっていますか？」

「ええ。今ではすっかり子供たちの世話係が板に付いてきてますよ。僕の方も色々と手伝ってもらっていますし、助かっていますね。……こういう言い方はどうかと思いますが、以前よりは表情も穏やかになっているようです」

アルとしては意外だったが、ヨエルやラウノは殊の外ヴェーラの先行きを心配していた。彼等も気付いてはいたのだ。その不安定さに。彼女が無理をしていると。いずれミスをしてその命を喪い脱落する予感がしていたと……。

「……私もあまり大きな声では言えませんが、これで良かったのだと思います。彼女には……《王家の影》の責務は、重く苦しいものだったのでしょう。必死で隠してはいましたが、優しい気質を持つ者。本来は『縛鎖』よりも彼女に向いている魔法があったはずです。……脱落する前で良かった。アル殿、私が言えた立場ではありませんが、彼女のことをよろしくお願いします」

ヨエルとラウノは戦場を征く貴族式の礼をする。コンラッドとは違う、板に付いたもの。そして、アルも静かに礼を返す。

「(ヴェーラは知らなかったんだろうな。《王家の影》という牢獄にあっても、自分のことを思いやる者たちもいたと。今の彼女なら正しくそれを理解することができるかな?)」

アルはヴェーラに土産話ができたと喜んでいるが……ヨエルたちは知らない。

彼女は《王家の影》にいた時よりも安寧を得てはいるが、狂戦士の従者として、その実力や敵への容赦のなさが加速していることを。

第二話　コンラッドの主

アルにとって本命の情報収集であったヨエルたちからの話を聞いた後、彼は学院内で噂話を聞いて回りながら、黒いマナを持つ者をチェックして時間を潰す。ただ、思っていたよりも黒いマナを持つ者が多く、何かしらの対処の必要性についても考えていた。

「(黒いマナも人によってかなり濃淡が激しい。ほんの僅かにチラつくだけの者は、『託宣の神子』への害意というよりは、特別扱いをされている主人公たちへの妬み程度？　プライドの高そうな都貴族に多く見られる傾向だし。逆にハッキリと黒いマナが認識できる連中は、イベント絡みのような気もするし……主人公たちがどうにかするなら、手を出さない方が正解か？　今になって振り返れば、あの教師四人は割とハッキリと黒いマナが視えていた部類だな。手を出したのはマズかったか？　首輪を付けられたとはいえ、《王家の影》の協力も得られたし、個人的には良し悪しというところなんだけどな。う〜ん……ストーリーに影響がなければ良いんだけど……ってまぁそれも今更か)」

黒いマナ。アルとしてはこれについてもその判定基準が分からない。

当たり障りのない連中を相手に、アルはすれ違いざまにその黒いマナにさり気なく触れて確認することもあったが……その多くが『あいつらばっかり……』『かの御方と知己を得るなど……』『神聖術使いなら学院に在籍する意味はないはずだ!!』……というような、主人公たちへの妬みや愚痴のようなモノを感知するに留まっていた。『託宣の神子』というキーワードも出てこないため、特別にイベントやクエストに繋がるような印象はない。

ただ、質量を伴うかと錯覚するほどの黒いマナを持つ者は、だいたいがイベントキャラ的な者たちと見受けられる。アルの記憶に引っ掛かる者もいるが、そうではない者も多く、誰がゲーム的なイベントキャラなのか、それともこの世界独自設定の者なのか、もうアルには判別ができない。そして、中にはお試しで接触するのは憚られるほどの使い手も混じっていたりもする。

「(う〜ん……僕が『使徒』であるのは極秘らしいけど……これはビクター班を通じて、神聖術の使い手あたりに話を聞きたいな。この〝機能〟を有効に活用できている気がしないや。あの化け物《クレア》殿は何となく知っている気がするんだけど……何故か彼女には〝聞いてはいけない〟と感じる。ただの理不尽な暴力というだけじゃない。取り返しのつかないナニかが待っている気がするんだよな……)」

黒いマナの感知機能についての相談。また一つ借りができる。《王家の影》への借りが積み上がっている気もするが、アルはそれも今更かとあっさりと割り切る。

ただ、クレアへの警戒は解かない。解けるはずもない。その実力だけではなく、彼女に対してアルは、得体の知れないモノ……触れてはいけないナニかを感じている。

実のところ、アルの警戒は正しい。今の彼女が知る由もないが、クレアには相対する時のルールがある。

その真意を聞いてはならない。

その言葉に逆らってはならない。

その真の姿を見てはならない。


禁を犯せば、彼女と〝契約〟を交わすことになる。

ただの雑談程度であればよいが、意志を持って彼女に真意を問うことは禁忌の一つ。もっとも、彼女と雑談できるような者もそうはいないが……。

秘されしクレアとの〝契約〟。その内容を余人が知ることはない。それを知る時は既に契約が交わされた後。そして、これまでに怠惰のクレアと契約した者は、王国内においても決して少なくはないという。

思考の中断。寮室のドアを丁寧にノックする音で、アルは我に返る。

「アル殿。コンラッドでございます。お迎えに参りました」

「……承知しました。（……なかなかやる。解かれるまで気配が読めなかった。この間はそう感じなかったのに……。はは、都貴族だと一括りにはできないな。馬鹿にできない者たちも確かにいる……）」

アルはドアの前に立たれるまでコンラッドの気配を感知できなかった。恐らくコンラッドは、敵意のなさを表明するために、わざわざドアの前で隠形を解いた。そんな彼に対して、アルはファルコナーの技に近いものを感じる。

決して油断はしていないつもりだったが、どこかで気が緩んでいたと、アルは認識を改めながら、ドアを開けてコンラッドと相対する。

「お待たせしました。……今日はどちらへ？」

「はは。アル殿。我が主も学院の在籍者です。少し離れてはいますが、学院の寮に違いはありません。主の寮は馬車を出すほどに離れてはいないため、申し訳ありませんが、徒歩でお付き合いをお願いします」

「それは良かった。貴族区にでも連れて行かれるのかと戦々恐々としていましたよ。なにぶん辺境の田舎者故、無礼があるかも知れませんが……その際は平にご容赦を」

それとなく話をしながら、コンラッドの先導に従って後ろを付いていくアル。

先を行くコンラッドは……今は〝普通〟。その辺にいる〈都貴族家に連なる者〉の動き。洗練はされているが、その歩法は〈戦う者〉のそれではない。マナの制御も未熟。擬態。

「（器用だな。こうも巧く使い分けができるのか。コレは僕には無理だな。マナの制御はともかくとして、動きについてはここまで〝できない〟フリは難しい。……彼の主がファルコナーに興味を持ったと言うけど、このコンラッド殿がいれば十分では？　……ファルコナー領でも十分にやっていけるレベルなんだけど……。ダメだな。《王家の影》という実例があったのに、王都を……都貴族を舐め過ぎていた。少なくともコンラッド殿と接近戦はしたくない。不意を突かれそうだ）」

涼しげな顔で先を行くコンラッドだが、後ろを行くアルは内心で舌を巻く。戦いたくない相手。

容易に倒せない相手。しかも今は隙だらけときた。アルが突発的に襲撃しても捌けると踏んでいるのか。礼儀として敢えて隙を見せているのか。

少なくとも、隠すなら徹底的に隠すこともできたはず。敢えてアルに見せたのは、やはり礼儀としてなのか……真意は不明。

ただ、現状、彼の後ろ姿には悪意も害意もない。平穏なマナ。その姿がファルコナーの者を彷彿とさせる。

ある程度の雑談の後は、静かに二人は歩いていく。コンラッドの主のもとへ。

実のところ、アルは都貴族家の者の相手など面倒くさいと思っていたが、コンラッドの振る舞いを見て、俄然興味が湧いている。

さて、鬼が出るか蛇が出るか。

出たのは子供。それも貴公子。眩しいほどの。

「この度は私のわがままに付き合って頂き、誠に申し訳ない」

戦場を征く貴族式の礼ではあり、きっちりとしたものではあるが……ペコリと頭を下げる擬音が聞こえてきそうなほどに子供らしい。

「(あれ？　この学院って確か十三歳から十六歳で入学じゃなかったっけか？　あまり発育の良くないサイラスと同じくらいにしか見えないぞ？　いや、個人差もあるしな……迂闊なことは言えないけど……それにこの子は……）」

「……アル殿」

「……あ、これは失礼いたしました。僕はアルバート・ファルコナー男爵子息です。そちらの家名は敢えて聞かないでおきます。アルと呼んで頂ければそれで構いません」

あまりにも意表を突かれて反応が遅れる。アルは名乗り、同じく貴族式で礼を返す。

「私はセリアンだ。まぁ学院にいる以上は学院の通例に倣い家名は伏せるが、先に貴殿を調べさせた無礼は改めて謝罪する」

「……セリアン殿の謝罪を受け入れます。ですが、ファルコナーの名を知られても、もう特段困ることもないですし、無礼だと思っていないことはお伝えしておきますよ」

学院に来た当初は、悪目立ちするのを避ける意味でも家名を知られたくなかったが、よくよく周りを見れば、一部では既にバレているというのも分かった。〈南方の辺境貴族家に連なる者〉も多数いたため、連中から漏れていたのだと……少し経ってからようやくアルも気付いた。南方の出の者などは、まず目すら合わせない。あからさまだ。

「……アル殿。お気付きかも知れませんが、我が主には事情があります」

「ええ。構いません。話であれば、僕がベッドの横に行きましょう」

セリアンの事情。

マナの流動を視てピンときた。……とにかく〝普通〟の状態ではない。体が蝕まれている。

グレードの高い寮。その上で、彼の看護や世話のための使用人も常駐している様子。この分だと医師や神聖術の使い手も抱えているのかも知れない。先ほどの挨拶すら、かなり辛かったのではないかと……アルは察した。

「……不甲斐ない姿をお見せして申し訳ない。横になる無礼を許して欲しい」

「いえ、セリアン殿の事情に付き合うのは招かれた側の役割でもあります。謝罪の必要はありませんよ」

セリアンの言葉と態度にはアルへの敬意がある。コンラッドの時と同じ。敬意には敬意を返す。それに、〈都貴族に連なる者〉であっても、力無き者へ配慮するのはアルにとっては当然の習い。そこに貴賤はない。あるのは単純な敵か味方かの線引きのみ。もっとも、敵ならば女子供であろうが、瀕死の老人であろうが容赦はしないという分かり易過ぎる面もあるが……。

アルは静かに、コンラッドがセリアンを抱え上げてベッドへ運ぶのを眺める。

「〈かなり弱っているな。彼が学院の基準の年齢であれば、身体の成長が伴っていないのも〝アレ〟の所為なのか？　下限の十三歳だとしても……体ができていない。ほんの十歳程度にしか見えないな〉」

「……失礼いたしました。アル殿、どうぞこちらへ」

セリアンは大きめのクッションに上半身を預け、体を少し起こしている。ベッドの横には椅子と小さめのテーブルが用意されており、恐らく普段から来客対応に使用されているもの。アルはコンラッドに促されるまま、ベッド脇に用意された椅子に腰かけ、セリアンの言葉を受ける。

「……まず……アル殿は〈南方五家〉の中でも名高い、かのファルコナー家。私のような軟弱な者を見て気分を害しているのではないか？」

どこかバツが悪そうにセリアンがアルに伺いを立てる。……と、同時に……

「……セリアン様。仮にファルコナーがそのような気風であっても、アル殿はそのような御方ではありませんよ。そのような言葉こそ非礼に値します。……申し訳ございません。アル殿、主に代わり謝罪いたします」

セリアンを窘めて、コンラッドがピシッと頭を下げる。

なんだこのやり取りは？　一連の流れにアルも若干引く。

「……えっと……セリアン殿もコンラッド殿も……僕が言うのも何ですが、ファルコナー家に対していささか偏った認識がおありのようですね。確かに僕らは、都貴族から野蛮な田舎者と指をさされても甘んじて受け入れますが……害意も悪意もない、むしろ敬意を持って接して下さるセリアン殿に対して、見ただけで気分を害すなど……そこまで愚かではありませんよ？」

哀しいかな。セリアンの言葉は割と本気だった。そしてコンラッドの謝罪もだ。つまり、アルはともかくとして、ファルコナーは〝そういう奴ら〟だと思われているということ。

「……そ、そうなのか？　ファルコナーでは強さのみが正義であり、魔物と戦えぬような弱者は淘汰される厳しい環境だと聞いたのだが……？」

都貴族にもファルコナーの名が知られているのは事実だが、正しく認識されているかは別。ファルコナー領は修羅の国ではあるものの、ヒト同士の繋がり、互助や共助はむしろ王都よりも手厚い……しかし、それを知る者は少ない。

アルもわざわざ説明する気にもなれない。狂戦士の風評が強過ぎて、説明しても理解を得られないのが目に見えているからだ。

「……ま、まぁファルコナーの風評はこの際はどうでも良いとしましょう。セリアン殿。それで？　ファルコナーに興味を持ったとお聞きしましたが、僕にどのような御用でしょう？」

アルは強引に話を本題へ繋げる。ファルコナーの風評の話は終わり。セリアンもそんなアルの態度に感じるものがあったのか、追及はしない。

「……そ、そうだな……では前置きはなしでこちらの用件をお伝えしよう。ただ、このようなことを頼むのは、〈貴族に連なる者〉の風上にもおけぬことだと分かっている。そのことだけは知っておいて欲しい。…………アル殿。ファルコナーの秘儀である『身体強化』の魔法をご教示願えないだろうか？　むろん！　貴族家の秘儀を他家に漏らすなど以ての外なのは承知している！私一人だけだ！　私は女神と我が祖先にかけて、その秘儀を明かさぬと誓う！」

セリアンはアルが見る限りは本気。その言葉に偽りはない。コンラッドをはじめ、周囲の使用人たちを観察しても、特段にアルを嵌めようとする害意は感じない。主の願いを共に真剣にアルに願っている気配すらある。

だからこそ困惑する。

「（え？　そんなことなの？　てっきり、ダンジョンの魔物ぶっ殺してこいだとか、コンラッド殿と戦って見せろとか、そっち系を想定していたんだけど……もしかすると病なり呪いなりの対抗手段を探しているのか？　う～ん……ファルコナーの技は秘儀というわけでもないし、別に教えるのは良いんだけど……セリアン殿が望む効果ではないだろうな……）」

「……アル殿。どうか主の願いを聞き入れてもらえないでしょうか？　礼金はもちろんのこと、アル殿が望むモノを可能な限り用意いたします。……どうか……ッ！」

アルがいつもの如くボンヤリと考え込んでいると、それを否定の意と捉えたのか、コンラッドが更に重ねてくる。

「あ、い、いえ。特に嫌だとか、勿体ぶっているわけではなく……単に拍子抜けしてびっくりしただけです。……セリアン殿もコンラッド殿も……やはりファルコナーへの誤解があるようですね」

アルは改めて説明する。

ファルコナーの『身体強化』は秘儀ではないと。

第三話　ファルコナーの技

アルは説明する。

他家からはファルコナーの『身体強化』は秘儀の魔法だと思われているが、決してそうではないことを。

特に隠されているわけでもない。ファルコナー領では、非魔道士の一般人でも知っている。生活魔法の『活性』を同じ要領で発現する者も少なくはない。実際にコリンなどがそうだ。そのおかげか、王都周辺の魔物であれば、相手にしても問題にもならないほどの強さを誇る。

基本的な魔法の構成については、ただの『身体強化』と違いはない。コンラッドが用いている技と本質的には変わらないのだ。

ただ、一つ違うのは……ファルコナーではマナを昂らせない。震わせない。平静なままで発現する。何故かは不明だが、こうすることにより、マナの消費を抑えながら通常の身体強化よりも強力な効果を発揮する結果となった。

そして、その魔法の発現の不自然さを感じ取るのか、ヒトによっては得体の知れぬ怖気を感じるという。まるで大森林の昆虫型の魔物と相対したかのような……。

実のところ、ファルコナーで一般的に周知されている〝技〟は、大森林の昆虫型の魔物と同じモノを使っているという皮肉。

過去に存在した〈ファルコナーに連なる者〉たちが、昆虫どもに対抗するために、敵を観察して到達した答えなのだろうと伝えられている。

現当主であるブライアンなどは更にその先、また別の手法を用いているとも言われているが、流石にアルでは看破することはできなかった。恐らく、父ブライアンが用いる技こそがファルコナーの……いや、ヒトの域を超える……超越者の秘儀だろうとアルは推測している。

大森林の魔物と同じ技を用い、その性質も徐々に近付いていくという。それがファルコナーの特性。

アルの『銃弾』も基本は同じ。マナの昂りは極めて薄い。なので、余計にマナの感知がしにくくなっている。その速度と相まって、初見殺しの視えざる攻撃を実現している。

ただ、『銃弾』もそうだが、基礎魔法の火球のように〝体から離れたところに発現する魔法〟に関しては、マナを昂らせないで発現するだけで至難の業。ただし、決してできないわけではない。特別な血統による継承魔法というわけでもない。つまるところ、同じ手法を使えば、都貴族の者であろうが、ファルコナーの『身体強化』を扱うことができる。現にファルコナー領では、他家から流入した者であっても同様の技を用いている。

また、基礎の〝技〟を覚えた後は「大森林へゴー」され、命を懸けて技を磨くという風習もある。何故かこの風習は正しく伝わっているため、都貴族や辺境地の他家には、『ヤバい奴ら』というイメージが根強いという。

実際に大森林に放り込まれた幼いアルは、マジで勘弁してくれと泣いた。

「……マナを昂らせない？　そ、それだけですか？　で、では、私でも扱うことができる？」

「ええ。恐らくコンラッド殿であれば、半日もあればコツが掴めると思いますよ。ただ……これまでマナを震わせ、昂らせて魔法を使ってきた者が、平時はともかく、戦いの中で過不足なくファルコナー流のマナ制御を扱えるかは……疑問があります。そこには修練の積み重ねが必要でしょうし、元から使っていた魔法が明らかに使いづらくなるはずです。殊更にファルコナー流を使う利点はないかと……」

アルはコンラッドの器用なマナ制御と身体の動かし方を見た。ファルコナー流のマナ制御も難なく修得はするだろうと確信している。同時に、如何に器用であっても、それをそのまま戦いに用いることはできないことも分かっている。言われたコンラッドもその意味を即座に理解した模様。

「……た、確かに。最初の一撃程度は真似事ができても、それを持続して戦いの中で十全に活かすのは難しい。それに今まで使っていた魔法も全てとなると……年単位の修練が必要でしょうか？　……で、ですが、ただ発現するだけなら、セリアン様でも可能ではある？」

「そうですね。発現するだけならある程度の修練で可能でしょう。ただ、違っていたなら申し訳ありませんが……先ほど言ったように、ファルコナーの身体強化の魔法は、コンラッド殿やセリアン殿が知るものと本質的に変わりはありません。つまるところ、特別な解呪や解毒、病を鎮静化するような効果もありません。もしそのような効果を期待しているのであれば……」

アルは踏み込み過ぎかと多少は躊躇したが、思っていることを伝える。期待するなと。

それはそのまま図星だったようで、明らかに落胆しているセリアン。いや、コンラッドも周りの使用人たちもだ。一気に部屋の雰囲気が暗く重くなる。

「……そ、そうか……ファルコナーの身体強化も、私の身体を蝕むモノには効果がないのか……あ、いや、すまなかったアル殿。このようなことに呼び出してしまって……神聖術も治癒魔法も通じず、一縷の望みを他家の魔法に託しているのだが……どうにも上手くいかないものだ……」

やるせない顔。泣きそうな顔。無理に笑おうとする顔。恐らく、これまでも同じようなことが続いていたのであろうことは想像に難くない。期待して、叶わなくて……落ち込む。さりとて諦めきれない。

アルは長々とファルコナーの身体強化の魔法を解説し、セリアンの希望に沿えないことは伝えた。ただ、彼には初めから視えていたりもする。セリアンの身体を蝕むモノ。その正体。

黒いマナ。

それも質量を伴うのかと見紛うほどのモノであり、ハッキリと〝蛇〟のような姿を形成している。

セリアンの身体に巻き付き、ガッツリと喰い込んでいるのが……アルには視えている。

これまで視てきたモノとは違う。セリアンが黒いマナを発しているのではなく、黒いマナに侵食されている。アルにとっても初めてのケース。

「……ファルコナーの秘儀云々はこれで終わりとして……改めてですが、僕にはセリアン殿を侵食するナニかが〝視え〟ています。そっちの話をしましょうか？」

「……アル殿。急に言われても、流石にクレア様への取り次ぎなど私たちには無理だ。ビクター様への連絡すら、おいそれとはできないのだから……」

「えぇッ⁉　そ、そこを何とかなりませんかッ⁉」

「くっ……！　何故にこちらが悪いかのように……」

アルの黒いマナ感知機能についての相談。思っていたよりも急ぐ必要が出てきた。さっそくヨエルを通じて……と思ったが、さくっと断られる。

「……とまぁ冗談はさておき。ヨエル殿。実のところ真面目な話です。例の黒いマナなのですが、〝視え方〟がまったく違うモノを見つけました。当人が発するのではなく、明らかに〝何者か〟の攻撃として、黒いマナにその身を蝕まれています。初めてヨエル殿たちと出会った際の、あの元・司教の指輪よりも、反応は強い上に隠蔽も巧みです」

「……ッ！　アル殿、まずはそちらを先に言ってもらいたいな。一応聞くが、それは真実か？」

若干呆れ顔だったヨエルも瞬間的に《王家の影》の顔になる。

「当然です。実際に当人にも会ってきました。その攻撃を受けているのは、セリアン・ゴールトン伯爵令息。この学院に在籍する者です。僕は詳しくは知りませんが、ゴールトン家は古貴族家らしく、何らかの呪術なりでの攻撃だとしても、家には敵が多過ぎて相手が絞り込めないとまで言っていましたね。まぁ昔からバチバチにやり合っている特定の家はあるそうですが……一応、彼の身を蝕む黒いマナに軽く触れましたが、強烈な悪意の塊でしたね。セリアン殿へ……というだけではなく『託宣の神子』への強い害意が視えました。ちなみに、セリアン殿の体調が悪化したのは三年前からだそうで、これまでにも教会関係者による神聖術の治療や解呪も試したようですが、さほどの効果はなかったそうですし、黒いマナを誰も認識すらできなかったみたいですね。……ここからは《王家の影》の仕事かと思いますが、ゴールトン伯爵家は特別に『託宣の神子』を支援している……とか？　もしそうなら、セリアン殿だけではなく、当主である彼の父や母、兄弟姉妹や他の親類の者も攻撃を受けている可能性があると思いますけど……？」

アルはセリアンやコンラッドたちに聞いた話を、纏めてヨエルに伝える。流石に冗談では済まない情報。

「……私は至急ビクター様の指示を仰ぐ。アル殿、恐らく直ぐに呼び出しをかけることになる。学院の寮でしばらく大人しくしておいて欲しい。ラウノは念のためにダリル殿たちに付いてくれ」

「…………」

影のように控えていたラウノが静かに頷き、そのまま姿を消す。隠形の技。

実のところ、ヴェーラと過ごすようになり、アルは改めて《王家の影》のその能力の高さに驚いた。ヴェーラ自身は不安定さによる差が大きかったが、それでもアルはヨエルたちの中では彼女が一番の使い手と見做していたが、そうではなかった。

ラウノだ。実際には、ヴェーラやヨエルよりも彼が頭一つ分以上抜きん出ているということ。

それをアルは見抜けなかった。つまりはそれほどの実力がラウノにはある。

　哀しいかな。アル自身は否定したいが、接近戦こそがファルコナーたるアルの真価を発揮する間合い。しかし、その間合いにおいても、アルとラウノでは『お互い負けないが勝てない』……というのが、ヴェーラの評価。『銃弾』の魔法を知った上でだ。

「(普段はともかく、ヴェーラに言われてから《王家の影》として活動する際の二人を観察しているけど……やはりヨエル殿の方が目立つ。見た目もそうだが気配も含めて。ラウノ殿は常に影のように従者として振る舞っている……布陣としては効果的だ。ここにヴェーラが並べばますます目立つ。目立つ二人に気を取られれば……という意図があったのかもね。今の隠形もスムーズ過ぎて惚れ惚れするし……コンラッド殿と言い、やはり王都の戦場も侮れない。ただ、どういうわけかビクター殿には負ける気がしないのは何故だろうな？　距離をおいたら魔道士としては僕より格上だと思うけど……まぁ、そんなこと今はどうでも良いか。さて、かなりキナ臭くなってきたけど、まったくもってゲームの記憶に引っ掛からないな。あの黒いマナってのはゲーム内にはなかったはずだけど……もはや区別がつかない。セリアン殿やコンラッド殿もキャラが立っているし、イベントキャラと言われればそうかとも思う……ただ、正規ルートにはいなかったはずだ。はぁ……分かり易くセーラー服着てる奴とかならともかく、もうゲームキャラなのか、この世界の独自の重要人物なのかの判別がつかないや。まぁ今回の件は《王家の影》が動く以上、僕の出番はないだろ。もののついでに、どこかで僕の黒いマナ感知器の性能調査を頼めれば御の字かな……？)」

ヨエルも周囲から浮かない程度に足早に去り、ビクターへ接触するための段取りに入った。残されたアルは、もはやすることもない。ヨエルに言われた通りに大人しく寮の自室で待機するのみ。

だが、この世界においては、アルはイベントと引き合う。これまでがそうであり、今回もだ。

「はぁ……今さら何の用ですか？」

「私とて貴殿に好んで接触しているわけではない……心情的にもな……ッ！」

素直に寮の部屋で大人しくしていようと帰路についたら待ち伏せを受けた。学院に来てから何故かこんなのばっかりだと嘆息するアル。

相手には隔意があるが、明確な殺意とまではいかない。壮年の男。

アル自身は未だ気付いていないが、目の前の男は魔族。融和派と呼ばれるヒト族の社会に溶け込んでいる魔族たち。その一族の使い。

「くッ！　……ヴィンス老がアル殿と早急に話をしたいと願っている。同行を願えないだろうか……ッ……！」

かつてアルが『やられたからやり返した』連中の一族でもある。

やられた側からすると、一族の次代を担う若者たちをあっさり殺されたわけだ。一方的に、無残に、呆気なく。男の中には一族の若者たちの仇への敵意がふつふつと煮えている。

一方のアルはどこ吹く風。気にはしていない。何故なら、目の前の男には報復よりも一族の役目を果たそうとする気概が見えたから。アルも内心では『私心を捨てて役割を果たす姿は尊敬に値する』と、好意的に捉えている。

ただ、傍から見ているとアルの平静な態度は『色々と大変ですねッ☆』……くらいにしか見えない。表に現れるそういう態度が、火に油を注いでいるということにアルは気付かない。

「ヴィンス殿がですか？　まぁ貴方のような方を寄越してまで来てくれというなら、本当に緊急の話なのでしょうね。僕の用事も今すぐというわけではありませんし……いや、むしろ明日以降であればたぶん身動きが取れないので、今からなら問題はありません。行きましょうか？」

「………… 忝《かたじけな》い。……では、早速こちらへ……」

男はまさに歯茎から血が出るほどに歯を食いしばり、耐える。自らの感情と一族の一員としての役目。それを天秤にかけて役目の方を取る。

壮年の男は思う。一族の若者たちが身勝手な理由で彼を害しようとした。だからやり返された。それは仕方ないと分かっている。彼がやり返したのも、戦士としては当然の理屈だとも理解している。

しかし、目の前の少年は……気にもしないのだ。彼等を殺したことに何ら頓着していない。一族である自分の姿を見ても、特に害意も悪意も抱かない。ただ面倒くさそうだという顔をしただけ。

一族の若者たちが死んだのは自業自得……そう自分に言い聞かせるが、せめて彼等を殺した張本人から、何らかの意思表示が欲しかったというのは……男の身勝手な思いだろうか？

『アイツ等を殺したのは自分だ！』『自分は悪くない。アイツ等が悪い！』……せめてアルからそんな反応でもあれば、男はまた違う感情を持っただろうか？

アルからはそんな反応はない。本当に何もない。

事実、アルはヴィンス一族の若者たちを殺したことなど、欠片も思い返すことはなかった。

『ああ、そう言えばそんなこともあったね』と、それくらいだ。特に感慨もない。

ヴィンスたちの手前では啖呵を切ったが、実のところ、殺しそびれたエイダについても、もし目の前に現れたとしてもアルとしてはどうでも良い。相手から悪意を向けられなければ、何ら興味は示さない。実際に、一度は遠くにエイダの気配を感知したことさえある。アルにとってはその程度のこと。

そんな態度に、魔族の男は耐え難い屈辱を感じたという。

彼等の死が無意味だと。

アルに言わせれば、『そりゃそうだ』と、一刀両断するだろうが……。

二人は無言で歩く。アルからすれば学院に来た時に通い慣れたヴィンスの屋敷への道を。

第四話　復讐者

「(もう何だか懐かしいな、この道。ヴィンス殿か。茶飲み話の相手としては魅力のある御仁だったが、一族の長としては少し頼りない印象があったな。まぁ彼等一族にも色々とあるんだろうけどさ)」

黙々とアルは先導する男の後を付いて行く。

道案内など本来は要らない。学院に来た当初は毎日のように通った道。

学院の敷地の外れ。訓練用なのか他の目的のためなのか、そこには整備された林がある。その林の中へと続く小道。

その小道が行き当たるのは、学院の庭師が使用する仕事道具を置くための小屋と住み込み用の屋敷。

ヒト族の社会に溶け込む融和派と呼ばれる魔族たちの拠点。ヴィンスはその纏め役。一族の長。

アルは彼等のそのような素性までは知らない。しかし、流石にヴィンスたちがただの学院の庭師などではないことは理解している。一介の犯罪組織や王国に敵対する勢力などではあり得ない。そんな連中に学院の中にまで喰い込まれるほど、王国や学院は無能ではないだろうとも思っている。王家なり大貴族家なりの意向により、何かしらの任を帯びて学院に配置されている者たちだろうとアルは考えていた。当たらずとも遠からずというところではあるが、ヴィンスたちが魔族であるということまでは考えが及んでいない。推測すらできない。

「(今さら彼等の氏素性《うじすじょう》を明かされても面倒な予感しかしない。でも、わざわざ隔意を持つ僕に対して火急の用となると……荒事関連か、はたまた《王家の影》への繋ぎか……う～ん……その程度しか思いつかないな)」

アルはいつもの如くぼんやりと考えごとをしながら歩く。先導する男の感情などは考慮の埒外。

「(……くッ！　如何にヴィンス老の厳命があるとはいえ……ッ！　こ、このようなモノが相手であるなら……いっそ……ッ！)」

が、気の迷い程度であっても、相手に害意が芽生えるなら話は別。

「別に良いですよ？　僕は復讐を否定はしません」

「……ッ!?」

二人の歩みが止まる。

男は振り返ることができない。自らの感情にかまけて気付くのが遅れた。今は相手に背を向けている。そして、アルにとってはいっそ呆気ないほど必殺の間合い。男にとっては分が悪過ぎる。何もできずにただ死ぬだけ。

「相手に害意を持つ時は、やり返されるのを想定すべきですね。過去の一件から学んでいないのですか？　僕が黙ってやられるままの奴だと？　……貴方はヴィンス殿からの命令、与えられた役割を果たす道を選んだ。僕への隔意を抑えて……私心を捨てて役割を果たそうとするその姿は尊敬に値します。僕を殺したいなら、もっと上手くやることをお勧めしますね。ほら、もう屋敷ですよ？　ヴィンス殿たちが待っているのでは？」

「……ぐッ……こ、こちらだ。あ、案内する……」

振り返ることなく、ぎこちなく男の歩みが再開される。激情に呑まれかけていた男は冷静さを取り戻す。そして思い出す。

相手《アル》は一族の若手の実力者たちを、一切の反撃の余地なく殺したヒト族だと。

「僕は尊敬に値する方へは敬意を払います。……でも、二度はない」

いっそ独白のような呟き。だが、その一言一句は男の全身に染み渡る。

命を拾った男。その男の案内にて、屋敷へと招かれるアル。


「……アル殿。急な呼び立て、誠に申し訳ない」

学院に来た当初はアルも通い慣れた屋敷。

もちろん建物自体は同じ。変わりようもないが、当時とは雰囲気がまるで違う。

ヴィンスをはじめ、一族の幹部連中と思われる者たちがずらりと並んでおり、皆一様にその表情は暗い。全体の雰囲気が重苦しい。明らかに厄介事の匂い。

「お久しぶりですヴィンス殿。まぁ別に呼び出しについては構いませんよ。何やら火急の用なのでしょう？」

「……うむ。……そうではあるのだがのぅ……」

「(何だよ？　呼び出しておいて歯切れが悪いな。こんな雰囲気なんだ。どうせ碌なことじゃないのは分かるんだから、とっとと用件を言って欲しいね。話が長くなるなら茶菓子でも出して欲しいくらいだ)」

ヴィンスたちの深刻そうな様子を見て、逆にアルは気が抜けた。事情は知らないが、何やら重大な悩みごとであり厄介事。……であれば、自分にできることなどそうはないだろうと……アルはそんな風に割り切っていた。

「……まず、こうしてアル殿を呼び立てておいてなんじゃが、わしは未だに話をするかどうかも迷っておる。……気付いておろうが、わしらもしがらみのある身じゃからな。アル殿のことは悪いが調べさせてもらった。当然こちらの手の者のこともアル殿にはお見通しだったようだがの……」

「ええ。何度か見張りや尾行を撒きましたね。僕にも知られたくないことくらいはありますから。ただ、流石に僕が《王家の影》と接触していることは把握済みでしょう？　頼みごとはソッチ関連ですか？」

並んでいる幹部連中と思われる中の数名がピクリと反応した。尾行を撒いたことに対してか、《王家の影》という単語に対してか。

ヴィンスは確かにアルを調べた。

決して害意や敵意を持たぬようにと配慮しながら。結果、彼が《王家の影》と接触して、協力関係にあることを知った。だが、逆にヴィンスは困惑することになる。《王家の影》との接触や何らかの協力関係は今でこそだ。

つまり、自分たちと関わった当時は、アルには何の紐も付いていない。ただの〈辺境貴族家に連なる個人〉。特段にどこかからの密命を帯びて自分たちに接触したわけではない。ヴィンスとの出会いはただの偶然であり、魔族のことなど知らない。その上で、アルは学院内での殺しを躊躇しなかった。外民の町でもだ。『やられる前にやる』『やられたからやり返した』というファルコナー家の流儀とやらで。

常軌を逸している。

ただ、アルからすれば当然の反応。エイダたちの悪意は明確だった。その上であからさまに舐めて油断をしていた。そして、アルは彼女たち……ヴィンスを含めてその背景を詳しくは知らない。だからこそ『知らぬ存ぜぬ』を押し通せるという小狡い計算もあったのだ。躊躇する理由もない。

当然、そんな事を知る由もないヴィンスたちの困惑は如何ほどだったか。いや、アルの考えを聞いたとしても、余計に混乱したのかも知れない。アルが常軌を逸している、平静に狂っていることに変わりはないのだから……。

とにかく、アルは組織の紐付きではない。密命なども無い。ただファルコナー家の者だっただけ。

ヴィンスは魔族の中でも先祖返り的に力を得たという、ヒト族や他の多くの魔族よりも長命な個体。子供の時分に魔族領本国からマクブライン王国へ流れてきたが、その後、王国内においても各地を放浪していた時期も長い。

そんな放浪の中でヴィンスは聞いたことがある。

王国の南方に広がる大森林という場所。他の辺境地よりも魔物の脅威度が飛び抜けている地域。嘘か真か、大森林の奥深くには古龍すら恐れて近寄らないという逸話まであるという。

南方は主に魔物の脅威により過酷な環境であり、氏族の結び付きも強い。力有る者が力無き者を助けるという気風が強く、ヒト族同士での治安は決して悪くはない。ただ、それでも余所者がふらりと行くところではないと言われている。

そして、〈南方五家〉と呼ばれる目立つ貴族領の中にあっても、他の追随を許さないほど先のような気質が突出し、いっそ異質な領があるという。その風評から、ヴィンスは南方を旅した時も、その領を訪れたことはない。

名をファルコナー男爵領。

聞けばその領では、〈貴族に連なる者〉は当然として、兵ではない一般の民ですら生活魔法の『活性』を用いて魔物と切り結ぶこともあるという。まさに常在戦場。領民皆戦士。領民一人一人が戦士の気概を持ち、〈ファルコナー家に連なる者〉ともなれば、更に頭抜けた戦士であり、畏怖を込めて狂戦士一族とまで言われるようになったのだと伝えられている。

遠い昔に聞いた忌み地の狂戦士。まさか平穏に馴染んだ今になって相対することになるとは……ヴィンスは思ってもいなかったこと。

「ヴィンス殿。僕は貴族的な持って回ったやり取りが嫌いです。……もし迷いがあるなら僕はこのまま去ります。話があるなら手短に単刀直入にお願いできますか？」

「……う、うむ。そうじゃな。アル殿はそういう気質じゃったな……」

さてこれから本題かと思われた時、アルの願いが今頃通じたのか、茶菓子とお茶が静かに運ばれてくる。

ただ、流石に一息入れることもなく、ヴィンスは躊躇しながら口を開く。

「……話は二つ。まず一つ目は……エイダが出奔した。恐らくアル殿への復讐を画策しとるはずじゃ」


「エイダ……いや、今は〝ナイナ〟だったかな？」

「……どちらでも好きに呼べばいい……私にはもう特に意味のない名だ」

とある屋敷。薄暗く妖しい雰囲気のある、如何にも〝裏〟に溶け込む連中のアジトといった風情。

そこにエイダ……今は〝ナイナ〟と名乗る女がいる。

燃えるような赤毛に金色の瞳。その顔には、かつては意思の強さや勝気さが表れていたが……今はどこか幽鬼のような薄い印象がある。

彼女はヴィンス一族を出奔し、復讐を胸に魔族領本国から流入してきた開戦派にその身を寄せていた。

しかし、彼女はしばらくして知る。開戦派。ナイナがエイダの頃からやり取りをしていた者たち。この度、彼等を頼ったが、実のところ、魔族領本国の開戦派とも少し毛色が違う連中だったということ。

「それで？　次は何を？　……今さら抜ける気はないし、もう頼る相手もいない。いい加減にアンタらの目的を教えてもらいたい。何故に貴族どもと取引を……？　ヴィンス老が相手をしている〝本当の開戦派〟とは違うんだろ？」

「はは。せっかちだね。ナイナは。私たちはあくまで開戦派に違いはないよ。我々を過酷な魔族領に追いやったヒト族への報復を、そして魔族の解放を考える者さ。……ただ、他にも少し用事があるだけ……ってね」

もう一つの人影。少女……というよりも子供という印象。少なくとも見た目は。

ナイナは比較的長身ではあるが、その彼女の腹の辺りまでの身長しかない。だが、纏う雰囲気は、決してただの子供ではすまない。

妖しくも強度のあるマナ。

貼り付いた胡散臭い笑顔で、子供もどきがスラスラと白々しい話をしている。

「……まぁそれならそれでいいさ。で、私は何をすれば良い？」

「はは。良いね。そういう割り切りは嫌いじゃないよ。ナイナに次にやってもらうのは、とある貴族の護衛。……どうやら〝開花〟する前に仕込みに気付かれたかも知れない種があってね。逆に探知されると、こっちの存在まで気付かれそうなんだよ。できればその手前で喰い止めたい。

……いざとなったら、その護衛対象を……」

口止めとして始末する。語られずとも狙いは分かる。

「（……ふん。コレがどう役に立つのかは知らないが……ヒト族を始末するなら喜んでやるさ。いずれヤツを殺す手伝いをしてくれるならな……ッ！　妖しくて怪しいことこの上ないが、こいつ等の実力は確かだ。腑抜けたヴィンス様とは違う。ホンモノの魔族たち……私は自分が弱いことを知った。だが、だからと言って諦めるつもりはない！）」

エイダ改めナイナ。

彼女は魔族でありながらマクブライン王国で生まれ育った者。魔族領本国を知らない者。所謂融和派魔族。

幸か不幸か、彼女には持って生まれた膨大なマナ量があった。ヒト族の古貴族家の力有る当主クラスか、それすら凌ぐレベル。天賦の才だ。

ヒト族に生きる融和派魔族たちは彼女を『真の魔族だ』と持て囃した。いや、甘やかした。

特に不自由もなく平穏に暮らしていたが、ある日彼女は、マクブライン王国東方辺境地である大峡谷を越えて流入してきた、魔族領本国の魔族たちを知る。そして、本国の魔族たちが苦しんでいる現状を知り、夢想する。魔族の解放を。ヒト族の生活圏を戦いにて奪い取る。開戦派。彼女はその思想にかぶれて『私が魔族を解放するんだ！』と意気込む。周りは諫めるが、生まれた時から一緒と言っても過言ではない同年代の仲間たちは理解を示してくれた。調子づく。

そして、あっさりとその夢想は砕ける。

御大層な抗争の最中というわけでもなく、ただの事故のようなモノ。

勝てない相手に不用意に手を出した。それだけ。

結果として、彼女は苦楽を共にした無二の仲間を失い、自身もそのショックからか夢現の世界へ。そして、次に彼女が正気を取り戻したのは半月を経過した後だった。

彼女は正気に戻った後、怒り狂った。まず一族の者に対して。

あの一件でヴィンスは変わった。彼女たちは知らないが、戻ったと言うべきか。

怒りに満ちて報復を訴える彼女をヴィンスは相手になどしなかった。それどころかエイダの名を剥奪し、ナイナと新たに名付けるという屈辱を与え、その上で厳罰に処した。それでも従えないナイナを痛めつけて幽閉し、外部との接触を断たせた。一族の者にもナイナとの接触を禁じた。

そして、ヴィンスは長として、一族の中で開戦派と通じていた者たちを厳しく締め上げ、直接自身で開戦派の連中と対話の場を設けたという。

そんな長の方針転換に戸惑う者も多かったし、ナイナと同じく一族の若者を殺したヤツに報復すべきだと声高に訴える者も少なくはなかった。

だが、ヴィンスは許さない。報復など以ての外。殺された者たちが愚かだっただけだと。

一族の者たちにも不満が募り、一部の者が暴走する。

結果、その者たちの手を借りてナイナは出奔。

外に出た後、改めて仇であるアルを確認した。

絶望する。

彼女とて腐っても天賦の才を持つ者。〝アレ〟は今の自分では勝てない……冷静に視れば分かったのだ。理解できてしまった。むしろ、何故気付かなかったのかと後悔すらした。

しかし、彼女は諦めない。歪んだ執着。自分で勝てないなら、勝てる連中をぶつければ良い。

まったく以て愚かな計算。

利用されているのは分かっているが、それでも……と、彼女は戻れない道を征く。

第五話　アル、魔族を知る

「……はぁ？　エイダ……ヴィンス殿が庇った者でしたね？　その彼女が出奔して、僕への復讐を企てていると？」

アルからすれば『だからどうした？』という話。

確かに今ではサイラスたちを抱えているため、彼等彼女等を標的にされると泣き所ではある。サイラスたちにも基本の〝技〟は指南しているが、流石に魔道士相手にどうこうできるレベルではない。……が、仮にあの一件からエイダが急成長を遂げたとしても、警戒するヴェーラをそう易々と抜けるとは思えない。勿論、エイダが他の者を伴って組織的に動くとなれば、守れない子も出てきてしまうが。

「……左様。ちなみにエイダの名は剥奪し、今はナイナじゃ。あの者がどう名乗っておるかは知らんがの。アル殿には興味はないかも知れんが、生まれた時に付けられた名を剥奪するというのは、わしら一族の中では重い処罰でな……まぁそれは良いとして、ナイナが出奔しただけなら一族の問題でしかない。あの者をアル殿の眼に触れさせないと約束したのはこちらじゃ。わしらが見つけ次第、あの者を始末すれば終わり。しかし、事はソレだけでは済まん……二つ目の話にも通じるのじゃが……」

ヴィンスはハッキリとナイナを始末すると言った。その言葉に対して、周りの幹部の中には、明らかに不満を露わにしている者もいる。流石にアルにもそれは察せられた。だが、それでもヴィンスはまったく揺らがない。以前にあった甘さのようなものがなくなっているとアルは感じていた。

そんな甘さの消えた長老がまたしても言い淀む。ただ、アルも今となっては早く話をしろとせっつくこともない。言い淀みはしているが、ヴィンスにはある種の覚悟が決まったのが分かったからだ。出された茶に口をつけながら、静かに待つ。

「(もう話をすることは決めたみたいだけど……そこまで重大な秘密でもあるのか？　エイダ……いや、ナイナか。あの彼女が悪意を持って僕に向かってくるのは、あくまでも彼女と僕の問題に過ぎない。殊更にヴィンス殿たちに責任を問うような真似はしないつもりだけどな……？まぁ一族のケジメと言えばそうなのかも知れないけど……)」

つらつらと考えごとをしながら待っていると、ヴィンスが改めて口を開く。

「……アル殿。まず最初、わしは其方を何かしらの密命を帯びた者だと勘違いしておった。しかしそうではなかった。アル殿はわしと偶然出会い、知己を得ただけ。……まことにこの世は、良くも悪くも不可思議なことだらけじゃ。アル殿よ。其方は…………わしらが『魔族』であることを知らんままじゃな？」

沈黙。ヴィンスの言葉がアルに染み込むのにしばしの時を要した。

「(……は？　まぞく？　……って、あの魔族か？　え？　ヴィンス殿たちって魔族なの？　なんで？)」

混乱はあるものの、ついにアルは魔族を知る。もっとも、ヴィンスたちからすれば今更過ぎる話ではあるが。

アルはお茶と茶菓子のお代わりをもらい、ほっと一息ついて気を落ち着ける。マナは平静さを保っているが、心情的に混乱するのはまた別の話。

ヴィンス曰く、アルとのあの一件以来、一族の方針を転換したという。それに不満を持つ者たちがナイナを連れ出して出奔したとのこと。先にヴィンスが述べた通り、それだけなら一族の問題に過ぎない。アルに注意を促しつつ、自分たちでナイナたちを狩り出せば良いだけ。

だが、すんなりとそうはいかない問題があった。融和派と開戦派の諍い。

「わしらはヒト族の社会に溶け込む道を選んだ魔族じゃ。便宜上融和派と呼ばれておる。そして、出奔したナイナたちを抱え込んだのは、魔族領本国から密命を帯びて王国へ入り込んでおる、開戦派と呼ばれる連中……と、思うておったのじゃが、そうではないようでな」

「はぁ。融和派に開戦派ですか……（確かゲームでも出て来ていたな。魔族同士でも諍いがあってなんたらかんたらと……でも、本格的に魔族が出てくるのは中盤以降だった気がするんだけどな。もうゲームの細かいストーリーは参考程度にしかならないってことか。この世界の設定と流れ……ってやつね）」

アルは魔族を知り、少し拍子抜けしてしまったのは事実。なんだ、ヒト族と変わらないのか……と。同時にヴィンスたちが言い淀んでいた理由も分かる。それはそうだと。

「これまでは王国側も、国内に存在する魔族の存在を黙認してくれておったが……最近では高位貴族の間で反魔族の機運が高まっておるようでな。わしらの立場を保障してくれていた王国の協力者……〝庇護者〟と呼んでおるのだが、その方々とも連絡が付きにくくなっておる。そういう事情もあり、わし自らが開戦派と接触し、目立つ行動を控えろ、わしらに構うなという対話の場を持った。そこで発覚したのじゃ。ナイナたちに数年前から接触しておった、開戦派を名乗る連中が別にいたとな。正規の……という言い方もおかしいが、わしが交渉した開戦派とは違う連中じゃ。そやつらの目的が分からん」

「(……反魔族の機運は確実に『託宣の神子』絡みだろうな。なんだっけ？　魔族と接点を持ち、王国に百年の苦難の暗黒がなんたら……だっけか。そりゃ神子を魔族から遠ざけるためなら、反魔族にもなるわな。もしかすると、ゲームで描かれていた貴族家同士の内乱に近い暗闘ってのは、コレが原因か？　いや、まぁこの世界で実際に内乱が起こるかも分からなくなってきたけど。それに、開戦派を騙る魔族たちか……モロに魔族側の〝暗躍する敵役〟って感じだな。テンプレ的に四天王とかいたりして……)」

ヴィンスの話を聞きながら、益体のないことも含めてアルは考える。……が、結局は『面倒くさいな』となってしまう。アルも一応、今では首輪付きとはいえ体制側の協力者。《王家の影》に情報を渡せば、ある程度はその暗躍する敵役たちを炙り出すこともできるだろうと丸投げの思考。

仮に敵役側が一部の都貴族たちと結託していても、そこは体制側の強み。捜査機関を動かすこともできるはず。アルにすれば『ビバ権力』となっており、あまり危機感はない。

それよりも、アルの頭の中では、魔族との戦争について考えが廻っている。もちろん、魔族との戦争についても、もはや本当にゲームのストーリー通りに勃発するかも不明瞭な状況ではあるが……。

アルは思っていたほどに魔族がヒト族と変わりがないと知った。

つまり、やりようによっては、都貴族が腑抜けであろうが、数の均衡さえ取れれば渡り合えるはずだと。少なくとも、この屋敷にいるヴィンスや幹部連中が全員で束になっても、父であるブライアンの敵ではない。いざという時の安心感が違う。そういう算段がアルの中を巡る。

「つまりヴィンス殿は、開戦派を名乗るまったく別の魔族組織があることを、僕から《王家の影》へ情報を上げてくれということですね？　これが二つ目の話ということで？」

「……端的に言えばそうじゃ。王国に対しては〝庇護者〟の了承もなく、わしらが直接動くことはできんからの。ナイナをはじめとした一族を出奔した者たちはわしらも追うが、やはり王国側にも情報は伝えておかぬと、わしら諸共『魔族』という一括りで処分されかねんという危機感もある」

既にヴィンスにナイナたちへの甘さはない。

拾った命の意味を理解できなかった。そんなナイナを本気で狩り出すつもりではある。

しかし、王都で活動する以上は、それこそ体制側にある程度の根回しも必要であり、その橋渡し……せめて情報のやり取りだけでもアルに頼みたいということ。それが今回のヴィンスたちの相談事。

「まぁ僕が上げた情報なんてのは、《王家の影》が更に真偽を精査するでしょうし……別に今の話を彼等に伝えるくらいはしますよ。どうせ近々別の用件で会うことになるでしょうから、そのついでということで……」

「すまぬ。アル殿。忝い。本来はわしらで完結せねばならぬことではあるが……御助力に感謝いたす。……流石に《王家の影》ともあればわしらのことは把握しておるじゃろうし、得体の知れぬ開戦派を名乗る連中のことについては、本来の開戦派の者たちとも情報共有程度の協力体制は敷いておる。何か続報があれば適宜そちらにも流す」

融和派と言いつつ、開戦派とも調整ができている。そこにはヴィンスの長としてのバランス感覚がある。

このまま王国に反魔族の機運が高まり、どうしても王都を離れないといけなくなった際を想定し、ヴィンスは一族のために選択肢を一つでも多く残すように動き始めている。選択肢の中には、開戦派を頼る……すなわち魔族領本国すら含まれている。王国の各辺境地もだ。あ、ファルコナー領は考慮外です。すみません。頼まれても行きません。

「さて、これでわしからの話は一段落となるのじゃが……アル殿はわしらが魔族だと知ってもあまり驚かんのぅ……いや、別に驚いて欲しいというわけでもないが……」

「いえ、驚きはもちろんありますよ。ただ、失礼ながら……僕は魔族というのは角が生えていたり、鉤爪を持っていたり、獣の特徴があったり……そんな勝手な印象を抱いていたので……」

アルの魔族のイメージは、まさにゲームで登場する魔族の姿。

ヒト族と同じようなビジュアルの者もいたが、基本的にはヒト族よりも強靭で異形な者たちとして描かれていた。だが、そのイメージのままであれば、とっくにヒト族と魔族のバランスは崩壊している。今頃ヒト族は魔族に隷属して生き延びるのみだろう。

しかし、この世界においては大多数の魔族はヒト族とそう変わりはない。平均的にはヒト族よりも多少はマナ量が多く、魔法の扱いに長けているが……それでも、総合的には、貴族家のように血統や秘儀の魔法を継承し、体系だった魔法知識を集積しているヒト族の方に軍配が上がる。

「ほほ。まぁ教会が吹聴しとる魔族とはそんなモノじゃな。実際にはヒト族とさほど変わらん。この中にも角や鱗を持つ者もいるが、髪の毛や衣服で隠せる程度だったりする。実のところ、アル殿の思う魔族……そういう特徴を強く持つ者は『真の魔族』と言われ、俗に〝魔人〟などと称されておる。融和派魔族の中には数人しかおらん上、目立つ故に皆王都を離れておる。……そのマナ量から一時はナイナがそうだと思うたこともあるがの……魔人については、恐らく魔族領本国においてもそう数はおらんはずじゃ。ヒト族で言うところの、古貴族や大貴族の力有る当主クラスといったところかの……」

「へぇ～そんな違いが……真の魔族……魔人……ですか。（う～ん……その魔人とやらが父上クラスだと安心はできないな。一人で戦況を変えそうだ。せめて普通の大貴族家の当主クラスであって欲しいね）」

アルはあくまでも戦力として魔族を測っている。そこに差別はない。区別があるだけ。敵か味方かという冷徹な線引き。

「(アル殿は魔族の力に興味がある様子……彼は魔族との戦いを望む者だったか？　いや、わしらが魔族と知っても特に態度に変わらない。熱心な女神信仰者というわけでも、魔族の排斥を訴える者とも違う……はて？)」

「(ヴィンス殿たちは王国の庇護を受けているとはいえ、今後の情勢次第では分からないか……まぁそれも仕方ない)」

茶を飲みながら話を続けるも、内心ではそれぞれに思うことがある二人。

ヴィンスは王国の庇護がなくなるのであれば、一人でも多くの血族を残す。そのために動く。そのための準備は既に始まっている。そして、そういうヴィンスの長としての覚悟はアルにも薄らと察せられた。

庇護を失えば、自分たちの足で歩くしかない。ヴィンスたちがその時、王国の敵となる道を選んだとしても、それは当たり前のこと。生き延びるための選択に過ぎない。その決断自体は、誰にも咎められることではないし、誰であっても咎めることなどできない。

アルは敵となった者に容赦はしないが、相手がその道を選ぶこと自体に頓着はない。尊重すると言っても良い。座して滅ぶより、よほど賢明だとも思う。

「ヴィンス殿。エイダ改めナイナのこと、開戦派を騙る連中のこと……しかと承知いたしました。僕が口を挟むことではありませんが、この先、ヴィンス殿たちがどんな道を選んでも、僕はその選択が間違いだとは思いませんよ。できれば敵味方に別れて会いたくないですが、それはそれ……ということで」

「ほほ。もはやわしも覚悟の上よ。じゃが、ナイナのことや怪しい開戦派連中については、アル殿や王国の利に背くことはせんと誓おう。そこはケジメじゃ」

アルは当然のこと、ヴィンスも気付いている。彼等の会話を納得できぬと不満を募らせている者たちが周りにいることを。

融和派魔族の長として、ヴィンスは覚悟を決めた。

王国内の反魔族の機運の高まりにより、王国の庇護の下に安穏と暮らせる時代に終わりが近付いているのをひしひしと感じている。もはや一族の存亡の危機と言っても過言ではない。そんな最中にあって、自身の感情を優先して長の指示に従えぬ者を、ヴィンスはもう優しく諭したりはしない。

「ヴィンス殿。改めてお伝えしておきましょう。僕は礼を尽くされれば礼を返す。尊敬に値する者には敬意を払う。そして、害意には害意を。悪意には悪意を返す。それがファルコナーの『やられたらやり返す』という流儀です」

「アル殿。分かっておる。わしは、アル殿の、ファルコナーの流儀とやらを十分に理解しておる。……そういえば以前に言うておったな『勝てない魔物に手を出して返り討ちにあった』と。アル殿に手を出すということは……つまりはそういうことなんじゃろうて……」

ここにアルとヴィンスの間で成立した。

アルはヴィンス一族の者であっても、害意を持って向かってくるなら殺す。そして、ヴィンスはそれを容認する。

まさに殺人許可の契り。

アルとしては、ヴィンスたちが王国の庇護下にいる魔族。そんな連中だと〝知ってしまった〟上でやり返すとなれば、後始末が面倒くさいと感じていたのだが……。

限定的とはいえ、珍しくもファルコナーの流儀に正当性が生まれた瞬間だ。

第六話　裏ボス

「……ふむ。シグネ殿。つまり、事が露見しそうだと？」

「いいえ。そこまでではありませんよ。ただ、ゴールトン伯爵家とやりあえる家……いえ、実際にやりあっている家を虱潰しに探していくとなれば、真っ先にやり玉に挙げられるのはコートネイ家です。卿への護衛はそのためですね。……ですが、我々はことが露見するとまでは考えていません。それが可能であれば、既に踏み込まれていますので……」

　恰幅の良い中年の男性。如何にも都貴族という風体だが、その眼光は鋭い。まさに王都の貴族社会という戦場を征く者の顔。

　中年男性の名はイーデン・コートネイ伯爵。コートネイ家の現当主。

　マクブライン王国の建国前、帝国時代からの貴族家。所謂古貴族家。

　元々コートネイ家とゴールトン家は一つの貴族家だったが、マクブライン王国建国の黎明期にそれぞれ家として独立して、二つに分かれたと言われている。つまり遠い血族。しかし、二つの家は遠い血族と言えど、その姿勢には違いがあり、折をみて相争ってきたという歴史がある。お互いに勝った負けたを繰り返し、今に至るまで双方が家を途絶えさせることなく続いているのは、運もあるが、代々の当主たちに都貴族としての力量があったからとも言える。

「まぁコートネイが疑われるのは当然のことか……これまでも散々疑われてきたからな。それにしてもあと少しというところで……タイミングが悪い。あぁ、護衛であれば貴殿の手の者を使わずとも、コートネイ家の私兵団で十分だ。逆に〝あのような者たち〟が邸宅をウロついていると、踏み込まれた時に言い訳のしようもないわ」

「……ふふ。これは手厳しい。しかし、我等も手の者を邸宅に配置する気はありません。今日は周囲を警戒させて頂くという報告と顔合わせのためです。流石に我々も〝役割〟は心得ていますよ」

「（ふん。白々しいことを。何が護衛だ。いざという時の口封じのためであろうに。この薄気味悪い化け物めが。……〝取引〟をするようになり既に五年は経つ……にもかかわらず、此奴は子供の姿のまま。魔族ですらない。外法のモノが。……まったく以て悍ましい。マナの感触すら穢らわしいわ！）」

シグネと呼ばれた子供の姿をしたナニか。ナイナたちを引き込んだ開戦派を騙る魔族たちの一人。いや、一体と表現するべきか。

彼女は笑顔を顔に張り付けて余裕のある風ではあるが、実のところかなり警戒している。

自分の撒いた〝種〟に誰かが触れたのだ。触れ得る者が現れたということ。高位の神聖術使いすら欺き、認識できなかった〝種〟に気付いた者がいる。それだけで警戒に値する。

「（コートネイ卿は利用価値が高い。魔族への隔意がある上、今では教会に目を付けられているが、取引をしくじるような者ではない。いっそ取引相手としては誠実とも言える。だが……コートネイ家との繋がりを含め、こちらまで探られるわけにはいかない。いざとなれば処分もやむなしか……)」

シグネたちには目的がある。コートネイ伯爵家は彼女たちの取引相手として優良ではあるが、目的に害が及ぶなら切る。それだけのこと。それに、彼女たちが〝根を張っている〟……代わりとなる貴族家は他にもあるのだ。殊更にコートネイ家に固執する必要もない。

シグネは懸念している。先々にも同じことが起きることを。できればコートネイ家を切るついでに、〝種〟に触れた者を始末したい。そのためには多少の計画の変更もやむを得ない。

本来なら、もう少し計画が進んでから表に出すつもりだった戦力。それらの一部を使う。独断ではあるが、彼女は確信している。

「(……お預かりした戦力をこの時点で解放した意味、総師にはご理解頂けるだろう。他の者たちなどに文句は言わせない。そもそも〝種〟に触れた者は『使徒』である可能性が高い。ならば返り討ちにする絶好の機会だ。総師が否とするはずもない)」

彼女はコートネイ伯爵家を餌に釣り出しを画策する。

さて、釣り出されるのはどちらか?

発端となったのは黒いマナで攻撃を受けているセリアン・ゴールトン伯爵令息。

アルがセリアンに巻き付く黒いマナで構成された〝蛇〟を確認した翌日の夜半。

寮室で大人しくしていた彼を訪ねる影が一つ。

「昨日の今日とは。割合早かったですね」

「……アル殿、例のサロン室へ……」

ラウノ。隠形のままにアルへ伝言。そしてそのまま気配も途絶える。

「……無口だとは思っていたけど、必要事項の伝達すら最低限とはね。しかし、相も変わらず凄い隠形だ……ファルコナーの技を用いているわけでもないのに、マナの感知すらできないとはね。ラウノ殿であれば、虫ケラどもに気取られずに大森林の割と奥までいけるんじゃないか？」

そんなことをぼやきながら、アルはビクター班の集合場所と化したサロン室へ向かう。ラウノが隠形で来たことを思い、可能な限り気配を消して周囲を警戒しながらだ。

「（昨日の今日なのは……ヴィンス殿の一族もか……僕への襲撃を考えている奴らがさっそく動き出しているようだね。僕の動向を監視するのは良いけど、ラウノ殿の隠形を見た後では下手過ぎるな。それに……昨日の案内役のあの人もいる……まぁそれも彼の選択か）」

現状、アルにはヴィンス一族の者が張り付いている。動向を探るだけのモノではなく、明確にアルに害意を持ち、報復を願う者たち。復讐者。

その中には、先日、私心を抑えてアルを迎えに来た壮年の男も混じっていた。

彼はヴィンスとアルの話を理解していた。

アルに手を出すことの危険も承知の上。

それでも、彼は復讐を手放すことができない。

「（……やはり私には無理だ。…………子を喪い、何もせぬ親などいない。奴は一族の息子と娘を殺した。何故にヴィンス老はそれが分からぬのか？　身内が殺された。それが全てだ。殺された理由など問題ではない。たとえ子たちが先に仕掛けたことだとしてもだ……ッ！）」

男は気配を消し、闇に潜む。

憎き仇には確かに隙がない。だが、いつまでそれを保てるか。一流の使い手であれども、ヒト族と魔族で変わりはしない。必ず綻びはある。その時がお前の最期だ。こちらには数もいる。自分一人ではない。もし自分が殺られても、他の者たちが奴を討つ。

男はそう考えていた。

残念ながら、狂戦士に二度目はない。

音もなく射出されたモノが男の頭部に着弾。

湿り気のある破裂音。

瞬間の暗転。

男は自らの命が溢れたことにすら気付かずに黄泉路を渡る。潜んでいた他の者たちも同じだ。

アルはサロン室へ行くまでの道すがら、学院の感知魔法が途切れる箇所で数発の『銃弾』を放つ。

そして、その数だけ復讐者の亡骸が残される。

ただそれだけ。

「（もっと上手くやれと言ったのに……工夫のくの字もないとはね。それにしても、一族の者への粛清装置として、若干ヴィンス殿に利用されている気もするよな。まぁ今のヴィンス殿は長として素直に尊敬に値する。多少利用されるくらいは良いか。連中の死体も向こうが処理するだろうし……)」

アルの歩みに一切の停滞はない。

その歩みを止めることすら、男には、復讐者たちにはできなかった。

そして、そんなアルと復讐者たちの姿を、隠形のままにラウノが若干引きながら見ていた。

「(……容赦ない……そして強い。……離れた状態でも視認できなかった……アレは逸脱した魔法の域……アル殿は近接戦闘だけじゃない……ますます敵に回したくない……)」

更にそんなラウノをアルも認識する。

「(……ラウノ殿には認識されたか。まぁ〝普通〟の『銃弾』なら別に構わないさ。こっちはこっちでラウノ殿の隠形の癖も若干見させてもらったし。まぁ今は同じく体制側だ。やり合わないことを願うけどね)」

お互いを知る。それだけを聞くと美しい言葉だが、明らかに物騒な匂いのする相互理解を経て、アルとラウノはサロン室へ。

そこに待つのはいつものメンバー。ヴェーラの引き抜き交渉以来の邂逅。

「くは。久しぶりだな小僧。貴様の持ってくる情報はいちいち物騒で敵わん」

サロン室の主。人外。化け物。エルフもどき。怠惰のクレア。

その紅い瞳が楽しげに細められる。

「はぁ……まぁ僕も『使徒』というヤツらしいですからね。これも女神様のお導きでしょうよ」

「くはは。思ってもいない戯言を。小僧、貴様には女神への信仰などありはしない。女神の導きなど欠片もありがたいとは思ってもいない。……だろう？」

疑問形の体の断言。クレアは知っている。アルの中に女神への信仰がないことを。そうでなければならないということも。

アルは曖昧に微笑むだけでクレアの言葉に応えはしない。まさにその通りではあるが、いちいち面倒くさいことになる可能性を嫌ってのこと。

「……クレア様。話を進めてもよろしいでしょうか？」

「……相変わらずつまらない奴だな、ビクター。まぁ良い。進めろ」

そんなことは良いからとっとと本題を進めてくれ……と、内心で嘆息していたアルは、これまた内心でビクターに喝采を送る。

実のところ、表面上はどうであれ、アルはビクターのこういう実務的なところを好んでいたりもする。

「アルバート。貴様が関わったセリアン・ゴールトン伯爵令息は、過去に何度も教会の高位の神聖術使い……中には大司教までもがその身を診察している。当然触れてもいるし、マナを流してもいる。他にも様々な回復魔法や治癒魔法の使い手を呼び寄せている。そして、誰もが貴様が伝える『黒いマナの蛇』などは認識していない。……それでも、貴様はセリアンの身を蝕む黒いマナを視たと言うのだな？」

流石にアルも分かっている。詰問調ではあるものの、これはただの確認作業でしかないということを。

「ええ。断言します。僕はセリアン殿の身を侵食する黒いマナを視ました。今まで視てきた、当人が黒いマナを発するのとはまた別の形。あの例の元・司教の指輪に近いモノを感じましたね。僕にはソレを認識することができたし、触れることもできました。明確にセリアン殿と『託宣の神子』への悪意を確認していますよ。触れた僕にさえ悪意を撒き散らして取り憑こうとしていましたしね」

アルは淡々と言葉を並べる。ビクターもそんなアルの言葉を否定はしない。クレアの前で下手な真似をするとは思っていない。そこには暴力を背景とした歪な信頼がある。

「……なるほどな。つまり何者かの攻撃であると？」

「恐らくは……僕には背景などは分かりませんが、どうせ『託宣の神子』に託《かこつ》けたお家同士の争いでは？　……まぁそこは本職の方々の仕事でしょうけどね」

いっそざっくばらんに話をするアル。後はソッチで調べろと言わんばかり。そんな態度を見て、ヨエルとラウノは内心ソワソワしてしまう。

「くくく……小僧、貴様はその黒いマナをどう見た？　手に負えると見たか？　それとも触れ得ざるモノと見たか？」

そして、クレアからの問い。アルには質問の意図がよく分からなかったが、答えないわけにもいかない。

「……そうですね……セリアン殿には悪いですが、正直なところ、さほどに脅威を感じませんでしたね。黒いマナをどうにかできると感じたわけではないですが、強烈な悪意……だからどうしたと。所詮は術者を倒せばそれで終わりだろう……そんな印象を持ちましたね」

セリアンの身体を蝕む黒いマナ。それは彼の体の成長にすら影響を与えるほど、強い呪いのようなモノなのだろう。

しかし『術者を斃せば止まる』『まだセリアンは保つ』……アルは黒いマナに触れた際、そんな感覚を持った。もっとも、『今の内に止めなければ……』という危機感……衝動のようなものを同時に抱いたのも事実だが……。

「くはは。さらりと誤魔化しおってからに。貴様は黒いマナを止めなければならない。術者を斃さねばならない。……そういう想いを抱いただろう？　貴様は『使徒』なのだからな」

女神が手ずからに造形したと言っても過言ではないかのような美しい顔立ち。

そのクレアの口角が、にたにたと、いっそ神々しいまでの醜さを描く。

「（くそ。お見通しならいちいち聞くなよ。後は《王家の影》なり正規の魔道騎士なりで解決してくれ。セリアン殿には悪いけど、所詮はお家同士の暗闘だろうに。敵側は気にはなるけど、あの気持ち悪い黒いマナを扱うであろう奴だし……こっちは黒いマナへの忌避感も否定できないんだよ）」

アルの忌避感。そして、それはいっそクレアにもだ。実のところ、アルは彼女に対しても衝動

がある。セリアンの黒いマナなど比較にならないほどに強い衝動。『コイツはマジでヤバい』……と。

はじめこそ、その圧倒的な実力差からと考えていたが、そうではない。クレアそのものから、黒いマナの奔流のようなモノを感じている。反応が強過ぎて逆に気付かなかったほどだ。

「(隠しキャラとか、クリア後の裏ボスとか……そんな感じなのかね。まぁ正規ルートにはこんな奴はいなかったのは確かだ。正直なところ、クレア殿は他の重要キャラをぶっちぎっての美しさと強さがある。あと、意味深《いみしん》さもか……主人公たちが何とかできるなら任せたいよな……)」

「……アルバート。クレア様に応えろ」

ビクターの促し。硬い声。絶対者の気分を害すなと言わんばかり。

「……ええ。仰る通りです。確かに僕は『止めなければならない』という衝動を感じましたよ。分かっているなら聞かなくても……」

アルは態度としてはクレアには物怖じしない。

何故なら、既に死んでいるから。

クレアの前に出た時点で死んだも同然。何もできずに殺られる。彼女が『否』と言えば全てがひっくり返る。それほどの理不尽な暴力。取り繕う必要もないだけ。

もっとも、そんなアルの態度にヨエルなどは『何故にそのような物言いをするッ!?』と、内心で戦々恐々としていたりはするが。

「小僧よ。ワタシを誤魔化そうなど……危ないお遊びは程々にしておけ。いずれワタシの逆鱗に触れるぞ？」

ニヤニヤといやらしい笑みを浮かべながらのクレアの忠告。

しかし、意味する所は何となく分かっても、その言葉の意味を正しく理解した者は、この場ではアル以外にいない。

「（なッ⁉　……おいおい。こっちの世界に〝逆鱗に触れる〟なんて慣用句があるのか？　……確か、こっちでは龍の尾を踏むとか古龍の髭を抜くとか……そんなヤツだったはず。そもそもこの世界の龍……ドラゴンの顎の下に『逆鱗』なんて鱗があるとは聞いたこともない。もしかして……クレア殿は〝向こうの世界〟の記憶持ちか？）」

アルはクレアを見た。ソコには悪戯を成功させた幼児のような雰囲気がある。ただし、ニタニタと嘲笑うその表情には、幼児のような無垢さはなく、美しき醜悪さがあるのみだが。

「……ビクターよ。可能性が高いのはコートネイだな？」

「……はい。実のところ、聖堂騎士団や王国の治安騎士団が既にマークはしていたようです。当然、黒いマナ云々ではなく、魔族との取引の方ですが……コートネイ家はかなり慎重に事を進めており、数年前から魔族絡みの取引があったようです。ただ、それらが表に出てきたのはつい最近とのこと。……まだ決定的な証拠や現場は押さえられていないために嫌疑が掛かっているだけですが……」

真相は不明のまま。クレアは既に次の話へ移る。

この世界においては、魔族を害すること自体を教会は咎めない。だが、魔族を利用したり、取引をして利益を得る場合には異端審問が待っている。

元々教義には記されていないが、人型の魔物との取引についての事項を拡大解釈した結果と言われている。

ちなみにエルフやドワーフなどはヒト族の亜種として、教義の上ではヒト族と同列に扱われているという。

エルフやドワーフといった種族、ゴブリンやオークといった人型の魔物、それにヒト族に魔族。教会は懸命に線引きをしているが、アルからすれば大した違いがあるようには思えない。

この先、魔族との戦争がストーリー通りに勃発し、ゲーム的なエンディングを迎えれば、また教会の教義や扱いも変わるだろう。その程度のことだと割り切っている。

「(はぁ……当たり前だけど、逆鱗については誰もツッコまないままか。流石にクレア殿に逆鱗がどうした、異世界の慣用句がどうの……なんて追及はできないか……いや、追及しては駄目だ。何故だか強くそう感じる。まぁいい。とりあえず、セリアン殿のゴールトン家に敵対している最有力の家には、もう教会や王国が目を付けていたということか。魔族との取引ね……胸糞悪い予感しかしないいや)」

アルはそんなことよりも先ほどのことが気になるが……既にクレアは意に介していない。追及しても応える気はない。いや、アルが真意を問えば、クレアとの〝契約〟が待っている。

その辺りのルールをアルはまだよく知らないが、今回の発言もクレアの撒き餌のようなモノ。追求しないのが正解。

「ふむ。……ビクター。治安騎士どもにコートネイを突《つっ》かせろ。そうすれば、自ずと〝敵〟は姿を現す。連中は潜むのは巧いが、攻められると堪え性がないからな」

「はっ。すぐにそのように差配します」

「(くそ。明らかに〝敵〟のことを知ってるじゃねーか！)」

静かな駆け引き。クレアとて、アルがこの程度で引っ掛かるとは思っていない。所詮はお遊びの範疇。

「くはは。そして小僧……いや、使徒アルバート殿。炙り出された敵の撃退をお願いできますかな？　黒いマナの使い手は『託宣の神子』の敵。これはもう使徒殿の出番であろう？」

秘されし使徒アルバート。彼は『使徒』として、この度の作戦への参加が決まる。

第七話　狂戦士たちの狩り

「はい？　作戦への参加ですか？」

既に年少組たちもバルガスの伝手で、ちょっとした雑用係として商店通りに出て行くことが増えた。そんな空白の時間にアルは『ギルド』に戻り、ヴェーラと話をすることに。

「『使徒』として敵の始末に協力しろだとさ。あのクレア殿直々に〝お願い〟されちゃったよ。あ、それから、魔族が復讐を企てているから警戒しておく必要もあった……ヴィンス殿っていう方がいて……えっと、そう言えば、開戦派を騙る魔族組織の情報はそれほどクレア殿に重要視されなかったよな……」

「……アル様。色々と話が見えませんが？」

こてんと軽く首を傾げるヴェーラ。

黙考していることが多い所為なのか、アルは伝えるのが急に下手《ポンコツ》になることも多い。流石に最初は躊躇していたヴェーラだが、今では普通にツッコむ。意味が分からないと。

まず、クレアがアルにさせたいこと。

黒いマナを他者に取り憑かせることができる使い手……『敵』の始末。

クレアは既に敵がどのような相手かも知っている。少なくともそう思わせる素振りがある。だが、誰もそれをクレアに問い質したりはしない。できない。

そして、出奔して行方を眩ませているエイダ改めナイナ。その他、ヴィンス一族の中にもアルへの報復を考えている連中がいること。ヴェーラやサイラスたちにはこっちの方が直接的な問題。ちなみに、開戦派を騙る別の魔族組織についての情報は、クレアから『あぁそうか』という薄いリアクションのみ。

「あぁゴメン。ええと。まず……僕がやり返した連中の一族が、更にやり返そうとしている。今はサイラスたちもいるから、彼等のことも警戒しないとダメだって話」

「……サイラスたちを巻き込む輩ですか……」

アルがまずヴィンス一族の抑えが利かない連中の報復を説明すると、ヴェーラの声のトーンが下がる。そして、マナの気配に危険な匂いが交わる。

「……アル様。そのようなことは早急にお伝え頂かないと困ります。実は昨夜も不埒な輩を一人〝潰し〟ましたが……もしやアレもそうだったのでしょうか？　いつの間にか死体が処理されていましたが……」

「ご、ごめんよ……後始末があったのなら、ヴィンス殿の一族の者だったと思うけど……さっそく『ギルド』にも手を出してきたのか。なら方針を変える。ヴィンス殿の思惑とは違うだろうけど……こっちから積極的に狩るとしようか」

アルはあっさりと方針転換。『やられたらやり返す』から『やられる前にやる』へ。

そして、サラリと済ませたが、ヴェーラも背景の分からぬ者を容赦なく返り討ちにしている。

まさに正しく狂戦士の従者。

「とりあえず、年少組はしばらく外出を控えてもらうとしよう。年長組は……どうだろ？　今のサイラスとサジなら、逃げるくらいはできるかな？」

「……昨夜の賊程度であれば、一対一なら十分に逃げ切れるかと。ただ、やはり心配です」

魔法の素養が多少ある年長組のサイラスとサジは、あくまで形だけではあるがファルコナー流のマナ制御の基礎くらいはできる。

生活魔法の『活性』をファルコナー流で発動して脱兎の如く逃げれば、非魔道士の大人相手なら余裕で撒ける。仮に相手が魔道士であっても、身体強化に重きを置いていない者であれば、それなりのところまでは確実に逃げられるだろう。

「う〜ん……不確定要素が多過ぎるな。やはり、先に敵の方を減らすか。念のため、サイラスたちは別の場所に移しておくとしよう。クレア殿の〝お願い〟はまだ少し先だろうし……今の間にナイナの方も片付けるか……」

コートネイ伯爵家への正規の治安騎士による揺さぶりの実行にはしばらく時間を要するため、アルはクレアが語る〝敵〟よりも先に、ヴィンス一族の不穏分子や出奔した連中……ナイナたちを相手にすることに決めた。魔族の開戦派を騙る者たち。

「ナイナ……ですか？」

「あぁ。学院に来た当初にやり返した相手。僕が仕留め損ねた相手だよ。当時はエイダという名だったらしいけど……って、ややこしいなコレ」

あの時、ナイナたちはアルのことを舐めていたが、アルも同じ。殺す気で『銃弾』を連射したが、やはりどこかで『この程度で良いだろ』という詰めの甘さがあった。

「……アル様が仕留め損ねた相手……侮れませんね」

「そうだね。僕が相手を舐めていたのもあるけど、それも含めて運も実力の内。本当に侮れない相手だよ。一度は長の顔を立てて流したけど、もうソレも良いみたいだし……むしろ今は暗に始末してくれって感じだね」

　アルにもヴェーラにも油断はない。知っているからだ。結局の所、生き残った奴が強いということに。

　ナイナはアルから生き延びた。そして今も生きている。それが全て。

「それにしても、こうなってくると手が足りないな。『ギルド』を狙われると……あと一人は戦える者が欲しい。いっそのことコリンでも呼ぶかな……王都の魔道士の多くは、コリンでも十分に渡り合えるし、サイラスたちへの教育係としても……うん。割と良いかもな」

　アルは一人で考え、一人で決着。

　ヴェーラは置いていかれるが、急に黙考したり、つらつらとまとまりなく話をしたり……と、そんなアルの〝仕様〟には慣れてきた。とりあえず、分からないと伝え、その答えを聞くしかないのだと。

「アル様、まとまりましたか？　どうするかお決まりですか？」

「え？　……あ、ごめん。またいつもの癖で……えっと……相手次第だけど、今後のことも考えて、ファルコナー領の者に声を掛けてみるよ。前線の者じゃないし、たぶん大丈夫だと思う。ヴェーラ一人に任せっきりなのも悪いしさ。伝書魔法を依頼してみるよ」

「私は構わないのですが……やはり同時に動くには手が足りないのも事実ですね……不甲斐ない従者をお許し下さい」

きっちりと頭を下げるヴェーラ。

アルの方も慣れては来たが、彼女の生真面目さは少し重いなと感じてしまう。ただ、まともに比べられる対象がコリンしかいないので、それはそれで不公平という所。

こうしてアルたちの当面の行動が決まる。

狂戦士と従者が、狩人として王都を征く。


「ヴ、ヴィンス老ッ！　貴方は〝アレ〟の暴挙を許すのかッ⁉」

「そうだ！　もう既に八人も殺られたんだぞッ‼」

「も、もう、やり返されたでは済まない！　向こうは積極的に狩りに来ているッ！」

紛糾する者たち。口々に泡を飛ばし、長であるヴィンスに詰め寄る。しかし、ヴィンスは素知らぬ顔。彼は目の前で焦る連中のことをよく知っている。アルへの報復を強く訴えていた者たち。長の判断に従えぬ者たちだ。

嘆息しながらヴィンスは問う。

「それで？　結局の所、お主らはどうしたいのだ？　アル殿に許しを請う橋渡しをわしにせよと？」

「ち、違う！　だ、誰がそんなことをッ！　私は一族としてヤツを始末するべきだと言いたいのだッ！」

「そ、そうだッ！　一族としてケジメをつけるべきだ！」

本当は分かっている。ヴィンスにはよく理解できる。できてしまう。

実のところ、連中には覚悟がなかっただけ。要は自分たちの命が危うくなることなど考えてもいなかったのだ。以前のナイナと同じ。

そして、いざ狂戦士の足音が聞こえた時に怖気付いた。我が身の危険をそこで初めて知ったのだ。

自分たちの要求や要望が通るとしか考えていない。声を上げれば思い通りになるはずだと。それなりに歳を重ね、一族の中でも中堅から幹部と呼ばれる者たちの中にもこんなのが混じっている。平時には気付けなかった。ヴィンスの失望は如何ほどか。

「(いや……もしかすると、あの時のアル殿がわしに感じていたのも同じようなモノだったのやも知れぬな……何たる情けなさよ)」

未だにわーわーと自分の身の安全を一族のケジメだの何だのに置き換えて囀《さえず》る。

そんな連中にヴィンスは見切りをつける。以前はできなかった。しかし、今はこんな連中に構っている時間はない。

ナイナのことや怪しい開戦派のこと……それもいっそ些末なことだ。

ヴィンスはそれよりも何よりも、一族の者を一人でも多く生かす道を模索しなければならない。足を引っ張る者、他の者たちを惑わし、巻き込むような者に一族の庇護など与えている場合ではないのだ。

「わしは言ったはず。アル殿への報復よりもすべきことがあると。それにナイナたちの一件は長としてすでに締めた話。その後についてもじゃ。……長の言葉を軽視して行動を起こしたのなら、もはや長であるわしを、一族を頼るな。後は好きにせよ。もうお主らの話を聞く者はいない。割く時間もない。それでも一族の他の者を煽動しようものなら、その時は長としてわしが粛清する。それだけじゃ」

「なッ……！」

「ヴィンス老ッ⁉」

ヴィンスは片手を上げ、周囲を固める者へ『こいつ等をつまみ出せ』と指示を送る。

今はもう、長の指示に従えない者は一族には必要ない。そして、それを理解している者しかヴィンスの周りには残っていない。

「は、離せ！　若造がッ！」

「貴様等！　こんなことをしてタダで済むと思うな！」

「よせ！　は、話を聞いて下され！　長よッ‼」

決別。別離。ヴィンスは、彼等とはこれが今生の別れだと察している。

アルの積極的な動きにヴィンスが面食らったのは事実だが、アルは見事に『自分に害意を持つ者』のみを仕留めている。それも気の迷い程度ではなく、明確に害意を持ち行動に移した者のみだ。そこに間違いがないのが救いだと、ヴィンスはバッサリと割り切った。

「(ナイナへの追撃と捜索は出したが、この分だとアル殿の方が先に辿り着くか……ナイナよ。お主がエイダとして一族を率いる未来をわしは見たかった。そこに偽りはなかったのだ……お主を含め、散っていった多くの同胞たちよ……正しく導けなかった愚かな長を、もう許してくれとは言わん。ただ眠れ。わしが逝くまで。冥府にてわしを八つ裂きにでもするがいい)」

　ヴィンスは祈る。決して許されることはなく、許されてはならぬ自らの過ちと愚かさ。その犠牲となった者たちへの鎮魂の祈り。

　彼の中には、自らがのうのうと生きているという羞恥と悔恨がある。さりとて、長として一族のために働き、決して立ち止まるわけにはいかない。今はまだ、死ぬ《逃げる》こともできない。

　ゲームで描かれていた、優柔不断でどっちつかずな融和派の長はもういない。


「ナイナ。どういうことかな？」

「……言った通りのこと。狩られている。私と共にヴィンスの下を出奔した者たちが次々と行方不明になっている。何人かはその遺体を確認した」

　狂戦士たちの足音を聞いたのは、ヴィンス一族だけではない。そこから出奔した者たちもだ。

「それはつまり、融和派の粛清？」

「……違う。ヴィンスの下にこれほどの芸当を単独で行える者はいない。少なくとも王都にはいなかった。辺境地で身を潜めている魔人が数人いるとは聞いているが、〝コレ〟はそうじゃない。……ヤツだ。アルバート・ファルコナー。マナまでは探知できなかったが、遺体の損壊具合……その特徴がヤツの仕業だと示している」

見つかった仲間の遺体の全てがそうではないが、ナイナには遺体の痕跡に覚えがある。何しろ、アルの『銃弾』が雨あられと降り注ぐ中を生き延びたのだから。分からないはずもない。

マナで構成された〝礫《つぶて》〟のようなモノを高速でぶつける。ただそれだけ。現象としてはシンプルの一言。ただ、その速度と威力は脅威でしかない。

かつて、ナイナが持つその膨大なマナ量を障壁の構築に全振りして『銃弾』の雨を防げたが、意識が逸れたら終わり。また、常に全方位に障壁を展開し続けることなどできない。

「コートネイの方で忙しいこの時期に……まぁ良いよ。ナイナはよくやってくれている。思いの外有能だし、先にそのアルバートとかいう奴を始末しようか？」

「ッ！　良いのか？　ヤツは強い……その魔法もだが、何というか……異質だ」

シグネはナイナの望みを知っている。

復讐。

自分一人ではできないから手伝えと。

当初は『こんなに情けない奴だったか？』と、シグネは組織に引き込んだことを少し後悔しそうになったが、ナイナはそれなり以上の能力を発揮した。疑問はあっても、命令には従い結果を出す。それだけで十分過ぎる。むしろ、シグネは想定以上だと喜んだくらいだ。

「はは。異質ね。ナイナ、ソレは何の障害にもならないよ。いっそ私の方がずっと異質だよ。強さも。ま、私がどうこうするまでもなく、〝人形たち〟を使えば、ヒト族の魔道士など敵じゃない。それこそ貴族家の当主クラスでもないと、人形とまともにやり合えもしない。ナイナにも分かっているだろう？　……それで？　どうする？　コートネイの周囲を張ることを中断はできないし……人形たちの使用許可をあげるから、ナイナが自分で殺る？」

「……ヤツを殺れるほどにはまだ人形の制御ができない。人形たちの形態変化も未だに無理だ……私はヤツが死ねばそれで良い。……すまない。ヤツを……殺してくれ」

ナイナはシグネに頭を下げる。もう形振《なりふ》り構わない。アルが死ねばそれで良い……などと言うが、その実はただ怖いだけ。アルの前に立つのが。

　それでも彼女は復讐を捨てきれない。頭では分かっている。逆恨みに過ぎないと。先に手を出したのは自分だと。それでも……と、彼女はもう止まれはしない。

　シグネもそんなナイナの心情など承知の上。彼女からすれば、組織のために駒がより良く動くようになればそれで良い。深い事情など知ったことではない。

　そもそも総帥から借り受けた〝人形〟を制御するためには、マナ量の多い人材が必要となる。その点についてナイナは得難い人材《駒》なのだ。

　アルバート・ファルコナーという〈辺境貴族に連なるヒト族の男〉を殺す。

　それだけでナイナの忠誠が得られるなら安いもの。そんな認識。

「じゃあ、ナイナは引き続き人形を連れてコートネイ家の周辺を警戒してよ。もし、踏み込んで来るのが聖堂騎士……教会の手の者なら、その時は躊躇せずにコートネイの口を封じて撤収。最悪、人形の二～三体は捨て置いてもいい。治安騎士が相手なら手を出さずに様子を見て待機。すぐにこっちに連絡を寄越して。ソレ用の人形は一体残しておくから」

「……承知した」

さて、釣り出されたのは？

第八話　狙撃

「どうだろう？　ヴィンス殿の一族に残る不穏分子はこれで終わりかな？」

「不穏分子かは分かりませんが、少なくともアル様に明確な〝悪意〟を持つ者はこれが最後かと……」

二人の見つめる先には亡骸。アルは知りもしないが、先日ヴィンスに詰め寄っていた者の一人。

「（粛清装置大活躍だね。ヴィンス殿もなぁ……ちょっと見直していたんだけど、やはり自分の手を汚すのは後回しか。甘さは多少抜けたんだろうけど潔くはないね。まぁいずれどこかで清算してもらうさ。敵なら命で。味方なら利益で）」

ヴェーラの『縛鎖』は悪意や害意のマナの揺らぎに反応する。その応用として『アルに対しての悪意』に限定して周囲に感応したところ、効果覿面。

思っていたよりも反応は多く、その内の大多数が学院の南方出身者であり、悪意というよりも『あいつはヤベェ』という程度だったのはご愛敬。アルの精神面に若干のダメージが入ったとか入っていないとか。

もちろん、その程度だけではなく、本物の〝悪意〟にも明確に反応はした。

そして、その中から更に『実際に行動に移した者』を直接選り分けて二人は狩っていく。

外民の町や民衆区にも該当者は多く、アルも途中で気付いた。ヴィンス一族を出奔した者たちも混じっていると。つまり、このやり方ならナイナにも辿り着くことができるはず。そう考えていたが……その最中に別のモノを捉える。『縛鎖』ではなくアルが。

「ヴェーラ。どうやら例の黒いマナの使い手が動き出したみたい。外民の町……恐らくは『ギルド』か。……あっちも僕を標的にしたようだね」

ぼんやりと、何故か距離や空間を超えて視界に映る黒いマナの塊。それも一つや二つではない。『縛鎖』はあの黒いマナには反応しなかった。ヴェーラですら感知できない。そんな性質がある様子。

クレアの作戦を前に何故か動き出した敵。彼女が評したように、まさに堪え性のない連中だったわけだ。

「……アル様、戻りましょう。しかし、こうも真昼間から動くとは……敵はどうやら、かなりの自信があるようですね」

「……あるいは、動いた連中が捨て石か……ただの阿呆か……ってところかな?」

アルは大森林での感覚が少し抜けてきている。王都においては、彼《か》の地ではあり得なかった〝考えなしの行動〟を取る者の何と多いことか。

大森林の主な敵……昆虫型の魔物たちには、その動き全てに意味があった。どんなに些細な動きにもだ。微細なマナの揺らぎにすら敵を捕食するため、生き延びるための意味が込められている。

そういう行動の意味が、王都のヒト族……と、魔族にはないことが多いとアルは知った。つまり、それだけ相手の意図が読みにくいということでもある。

もっとも、そうは言いながら、アル自身も割と行き当りばったりではあるが……そこには敢えて触れないという身勝手さ。流石のファルコナー。

「(このタイミングで動くということは、やはりナイナが身を寄せたという開戦派を騙る魔族組織が、そのまま黒いマナの使い手たちということか……どうりでクレア殿の反応が薄かったわけだよ。僕はヒト族側に黒いマナを扱う奴らがいると思っていたのにさ。関わるモノや現象が裏では全て繋がっている……まさにゲームイベント的だね……ははは……はぁ……)」

セリアンを発端とする黒いマナの攻撃。敵の存在。それはあくまで貴族家同士の暗闘の一幕であり、ヒト族同士で黒いマナの擦り付け合いが行われているのだとアルは考えていた。『託宣の神子』を巡る利権争いの延長のようなモノだと。

そして、ヴィンスから聞いた魔族側で暗躍する敵は、ゲームストーリーの後半に出てくる魔族とヒト族の諍い、戦争の火種を助長するような連中だと目星を付けていた。そいつ等を叩けば、戦争自体を止められなくても、多少は嫌がらせになるだろうと想定。むしろアルの本命はこちらだった。

それがどうだ。蓋を開ければどちらも同じ組織だったという。

アルはそうとも知らずに、何の準備もなくせっせと貴族家の陰謀に関わる〝敵〟に手を出していたということ。

同一の組織なので結果は同じではあるが、何故かアルは負けた気になったという。

その背景を含めて、あくまで知った上で、知らぬ存ぜぬを決め込んで動くのと違い、まるで考えなしに手を出していたというのが……何とも間抜けだったたと、彼はそう振り返る。今更ではあるが。

「僕は手筈通りに連中を撃つ。ヴェーラは僕が仕留め損なった際、遊撃と敵の足止めをお願いするよ」

「畏まりました。連中の目を逸らし、足を止めます」

アルとしては思ってもみなかった不意の〝敵〟との遭遇。ゲームでは描かれなかった黒いマナを扱う者たち。

もうアルはストーリーをそれほど気にはしていないが、それでも不安はある。先行きの見えなさに。

「あんたはコレで良かったのかい？」

一人の女が問う。その声色は軽いが、その表情《かお》に声色ほどの軽さはない。生半可な回答を許さない空気を纏っている。

「……カーラ。私には無理だ。だから、可能な相手をぶつけた。それは分かっているだろ？」

女の問いに答えるのは、名を奪われし追放者。己の復讐を他者に委ねた恥知らずのナイナ。

彼女の答えは、カーラと呼ばれた質問者の望む答えではなかった。いや、そもそもカーラは、最初から〝納得のいく答え〟が返って来るとは思っていなかったのかも知れない。

「……泣き虫は変わらずか。泣くくらいに怖いなら、復讐なんて捨てりゃいいんだよ。まったく、昔からあんたは意地っ張りだね」

「……誰が泣いているんだよ？　勝手なことを言わないで」

「はは。私にはあんたが怖い怖いと泣いているようにしか見えないね。……はぁ。真剣な話だ。よく聞きなナイナ。あんたがどんな道を選ぼうともそれはあんたの自由だ。だが、あのシグネとかいう奴は化け物だ。都合良く利用できる相手じゃない。あいつを頼るという手を打った以上……覚悟はしておくんだね。当たり前に自由や選択には責任が伴うんだからさ」

カーラと呼ばれた女。ヴィンス一族の者。ナイナより少し年上であり、姉的なポジションとして共に育った。当然、アルに〝やり返された〟者たちも含めてだ。今回、ヴィンス直々に罰として幽閉されていたナイナを解放した。ただ、彼女はナイナに復讐をさせたかったわけではなく、一族を離れて別の生き方を探すのを勧めるためだった。だが、ナイナは受け入れなかった。復讐を捨てなかった。

「……そんなことは分かっているさ。でも、私は皆の復讐ができればそれで良い。後のことは些事だ。……カーラこそ、抜けるなら抜ければ良いだろ？　今なら好機だ」

「はは。私はあんたのことが心配だからね。別にアレしろコレしろとは言わないが……しばらくは付き合うよ」

むきになる妹分をさらりと流し、頭をくしゃくしゃと乱暴に撫でるカーラ。

「……いつも言ってるけど……これ、やめてよ……」

そうは言いながらも、されるがままのナイナ。言っても拒否してもカーラが止めないのは身に染みている。昔からのこと。いつものことだ。

ただ、お互いに理解している。こんないつものことが……疑うことなくずっと続く……そんな日常にはもう戻れないのだと。

一族を出奔し、今では化け物の手下。たとえ復讐を果たすことができても、先々には碌なことが待っていない。

カーラはそれを承知の上でナイナに付き合うと決めた。そして、口に出しては言わないが、ナイナもまんざらではない。

戻れないだろう道を征くナイナ。それに付き合うカーラ。

二人の予感は当たることになる。そして、それは二人にとって良い結果のはずもない。


「(流石に襲撃を想定していたのか……ここはもぬけの殻か。ナイナがビビっていたから、念のために人形を多めに出したのに……振り出しか)」

シグネ。妖しきモノ。開戦派を自称しているが、そもそも魔族であるかも定かではない存在《モノ》。

彼女たちは、ある目的のためにヒト族の社会に紛れ込んでいる。神々への反逆者として。

既に王都のヒト族社会で十数年の時を過ごしており、シグネは良くも悪くもヒト族を知る者だ。

それ故に彼女は舐めている。

当人の能力もさることながら、敬愛する総帥と共に造り上げ、借り受けている〝人形たち〟。

その姿はまさにただのヒト族。だが、その実態は様々な生身の材料に、禁制の呪術と尊き黒きマナを掛け合わせた高度なフレッシュゴーレムであり、起動状態であれば術者の影に潜ませることもできるという隠密性も備えている。

その見た目や気配、マナの揺らぎもただのヒト族をほぼ完全に再現している。更に通常の魔道士とは違い、戦闘となれば一切のマナの揺らぎを止めて動く。

その肉体はデキのいい魔族に劣らないほどの強度を誇り、術者を守る盾にも、敵を斬り裂く剣にもなり得るという。

気付いた時には対象者の懐に入り込み……近接戦闘を得手としない貴族家であれば、当主クラスであっても命を奪われることは必至。いわば真正面からの頑丈な暗殺者といった性能。更に、感応を強めて仕込まれた奥の手を起動させれば、一部の魔人さえ凌ぐ強さにもなるほど。

「(面倒だな。適当に人質でもと思ったけど……さて、どうするかな？)」

今のシグネは親役の人形と手を繋ぎ、町を散策する良家の子女といった風情。町の景色、ヒト族の社会に紛れ込んでいる。

彼女は知らない。狩る側だからという傲慢さがあるから。

その上、彼女が知った気になっているヒト族の魔道士というのは……あくまでも王都と東方辺境地出身の者たち。サンプルに偏りがあるのだ。

かつてのナイナと同じ。自らの望みが叶うのが当たり前であり、そこで思考停止している。考えていないのだ。想定以上となる敵の反撃の可能性。自分と周囲の人形たちが既に捕捉されており、狩られる側にいることを。

彼女はまだ気付くことができない。


「(なんだよ、気持ち悪い連中だな。アレは黒いマナで動いているのか？　アンデッドか？　フレッシュゾンビとかフレッシュゴーレム的なヤツ？　術者らしき真ん中の子供も……違和感が酷いな。超絶的な劣化版ではあるけど、どこかクレア殿と似たような感じがする。う〜ん……やっぱりクレア殿は敵側のキャラか？)」

狩る側のアル。

身体強化で視力を重点的に強化し、遠くからでも『ギルド』付近を見渡せる場所にいた。畏れ多くも、外民の町にある正式な教会のチャペル塔の上。

既にチラホラと通りすがりの者たちが指をさしたり、ヒソヒソしているが気にはしない。

「(まさかこんな真昼間の町中で、前世でいうところの殺し屋的な狙撃手をすることになるとはね。人生ってのは分からないもんだ)」

傍から見ると、アルはただ屋根に突っ立ってぼんやりとしているだけ。

しかし、この時、アルの正面に立つ者がいれば、明確に〝死〟を幻視しただろう。

アルの切り札の一枚。『狙撃弾』の魔法。

単純に『銃弾』を強化し、高威力・長射程化しただけ。ただそれだけ。シンプル故に驚異的な魔法。

流石にアルも集中しなければ使用はできない上、発動時の気配が隠し難く、距離が近ければ気付かれ易いという、ある意味では欠陥魔法でもある。

ただ……この世界において、開けた場所で放つ魔法の限界射程は、精々三百メートル程度。強弓であっても四百メートルに届くかどうか。そんな中にあって、五百メートルを超えてピンポイントで届く攻撃というのは、まさに規格外のモノだ。

狙いに関しても、今回に関しては視界に浮かぶ黒いマナを目印にするだけという相性の良さ。

この『狙撃弾』の魔法により、アルは大森林のギガント種の大蟷螂《おおかまきり》を単独で討伐するという功績を残した。

過去においては、ファルコナー家の当主を受け継ぐための試練とまで言われた偉業。今代においては、当主ブライアン以外ではまだ誰も成し得ていないこと。もっとも、ファルコナー的には接近戦以外は邪道ということで、アルはあまり認められなかったというが。

「(悪いね。セリアン殿に何をやったかは知らないが、ヤバそうだから仕留める。お別れだ。名も知らぬ敵)」

アルは今回の敵に関して、念には念を入れ、遠距離からの一方的な狙撃で終わらせる一手を取る。

黒いマナを操るような敵には近付きたくない。原点回帰。危険なモノ相手に接近戦などナンセンスだ。

マナの揺らぎは極僅か。

静かに『狙撃弾』が発動、射出される。


「(……何だ　どこからか視られている？)」

シグネはさり気なく周囲に気を配り、人形たちを即座に動かせるように意識を整える。

姿こそ子供ではあるも、シグネ自身もそれなり以上の〈戦う者〉。違和感を覚えてはいた。

遅まきながらも警戒。どこかに敵がいる。まったく根拠はない。それでもシグネは確信する。

「(待ち伏せされたか？　上等だ。返り討ちにしてやる)」

しかし、その警戒自体は無駄に終わる。

そもそも彼女の感知能力や人形を駆使した所で『狙撃弾』の間合いまではカバーできるはずもない。

手を繋いでいた親役の人形。その腹が突然に弾ける。中身をぶち撒ける。

貫通。

瞬きに満たない時間差でそのままシグネの右肩が消失。

腕が千切れたというレベルではなく、肩付近がごっそりと消し飛んだ。

こちらも中身が飛び散る。咄嗟に動く。尋常の生物なら致命傷ではあるが、彼女は動く。止まらない。動き続ける。

混乱、痛み、傷の確認、状況の把握。そんなモノは無視。いちいち止まってなどいられない。シグネは一連の現象の意味を理解するよりも先に、周囲の人形たちを自身の盾としながら建物の陰へ、遮蔽物へと駆け込む。彼女は本能的に遠方からの一撃……それをまともに食らったということを察知していた。当然、遮蔽物に隠れる程度で止まるはずもない。そのまま離脱の一手。

「う、うわぁぁぁぁッ⁉」

「きゃぁぁッ⁉」

「何だコレはッ⁉　なにが起きたッ⁉」

いくつかの瞬きの後、絹を裂くような悲鳴が上がる。

それはそうだ。町の往来でいきなりヒトが腹から千切れたのだから……周りのリアクションは正しくそうなる。

残されたのは一体の千切れた人形とシグネの右腕。

ちなみに、彼女の右腕は照れ屋なのか、ブクブクと気持ち悪い泡を立てて溶けていくという一芸を披露していた。

「〈あーあ。お別れだの、名も知れぬ敵だの……格好つけたこと考えるんじゃなかった。フラグかよ。……狙いが甘かった。『狙撃弾』は即座に連発できないからなぁ……ほんの僅かでも動きが止まっていれば次が撃てたのに。何をされたかも分からなかったはずなのに、きっちりと身を護りながら引くとは……敵ながら流石だね。はぁ……結局、ある程度は接近しないとダメなわけか……）」

内心でぼやきつつ、アルも即座に動く。今のでダメージは与えただろうが、あの程度で〝敵〟は死なないという確信があった。その最たる理由が、その身に流れる血……のようなモノ。中身。敵の傷口からは血ではなく、黒いマナが物質化したかのような、真っ黒なヘドロ状のモノが噴き出ていた。人形はまだしも、幼い子供……シグネからもだ。まともな生き物のはずもない。アルの中で、今の時点で改めてソレが確定した。

「（アレがこの世界の『託宣の神子』の敵か？　まさか魔族ですらないとはね。いや、アレが魔人という奴らなのか？　……まさかね）」

アルは教会の屋根から飛び降り、そのまま駆ける。視界に浮かぶ黒いマナの塊たちを目掛けて。鬼ごっこのはじまり。

「（くそったれがッ‼　何だよ今のは⁉　何をされたのか分からなかった‼　アレがナイナの言っていた〝礫〟か⁉　どこが礫だ！　くそ！　呆気なく人形を壊しやがって！　総帥から借り受けたモノなんだぞッ！）」

シグネは駆ける。周囲を五体の人形に護らせ、その上で二体は離して後方からの追手を警戒させる。

いつの間にか、消失した右肩から先の部位が元に戻っている。しかし、その部位だけ明らかにドス黒い色調であり、まともなモノとは思えない。

不意にシグネの視界に鎖。

「……ちッ‼」

躱す。

だが、まるで血が通っているかのような動きで『縛鎖』は止まらない。

即座に一体の人形が鎖を掴む。瞬間、『縛鎖』が反応して人形に巻き付き、そのまま絞めつけて潰す……ことができない。ぎりぎりと身に食い込みはするも人形は『縛鎖』の締めつけに……その出力に耐える。

「……さっきのをやった奴じゃないな……足止めか」

「(周りにいる、マナの揺らぎがない連中も只者じゃない。この数相手は無理)」

ヴェーラは全員には勝てないと判断。『縛鎖』を敵側へ放出して足止めに徹する。……つもりが、いきなり『縛鎖』を掻い潜っての踏み込み。人形の一体がヴェーラに迫る。

「(くッ！　マナの揺らぎが！　動きが読めない！　まるでアル様のようだッ！　……だが、アル様の踏み込みはこんなモノではない……ッ‼)」

人形の踏み込みに合わせてヴェーラも前に出る。

前に出ながら敵の手刀を躱し、『視えざる鎖』を手ずからに相手の首に絡めて……マナを籠めて締め潰す。ここまでの至近距離であれば、『縛鎖』にて敵の肉体を潰すことも可能だとヴェーラは知る。

潰れた箇所から、ドロリと粘着質な黒い血のようなモノが噴き出している。ヴェーラは、それに嫌なモノを感じて咄嗟に身を引いて距離を取る。しかし、まさに首の皮一枚で繋がっている人形は、尚もその機能が、活動が止まらない。それどころか潰れた首が黒いドロドロのモノに覆われ、まるでギプスのように頭を保持している。

「(くッ⁉　耐久性が高い！　これは……ゴーレム？)」

距離を取ったヴェーラに新たな人形が迫るが、『縛鎖』で冷静に相手の動きを阻害しながら捌き、彼女は更に距離を取る。

「(……近接戦闘は不利。あの黒いのにも触れない方が良い。彼女の右手も。距離を取って正解だけど、決め手もない……)」

距離を取った状態から、ヴェーラはこの場の首魁と思われるシグネに対しても『縛鎖』を差し向けながら足止めと時間稼ぎに専念する。

放たれる鎖。その多くをシグネは躱しているが、時に人形たちを使い、時に自らのどす黒い右腕で『縛鎖』を弾く。

何故か彼女の右腕が触れても『縛鎖』の自律的な反応はない。

それどころか、触れた先から『縛鎖』のマナの構成が砂状に分解されていく。

「(……あの黒い右腕が厄介……ッ!)」

シグネの体捌きは確かに戦士のそれではあるが、先ほどの『狙撃弾』のダメージによるものか足元はふらつき、その動きは明らかに精彩を欠く。

「(チッ。思ったより動けない……! 無理矢理〝復元〟したせいかッ!)」

路地裏で停滞する闘争。

前にはヴェーラ。後ろからアルが迫る。シグネにはどうしても焦りが生まれる。こうして足止めされている間に、先ほどの攻撃が再来すれば為す術もないと。

そして……遂に鬼が追い付いた。

「(くそ! 追手を警戒していた人形がやられたのか!? 奴がアルバート・ファルコナーか!)」

シグネは後方に配置した人形の視界からアルを視た。かなりの距離があったはずなのに、一瞬で踏み込まれて頭部を潰された。素手で。シグネからすると有り得ない光景。人形たちは力有る魔族と比べてもそう劣らない肉体強度を持っている。それに復元能力もだ。ヒト族の身体強化の一撃で機能を停止させられるなど思ってもみなかった。そもそも、町を歩くただのヒト族にしか見えない……擬態した人形を、明らかに敵と認識して攻撃してきたことも彼女には信じられない。

「(何だあの身体強化は……ッ!? ヒト族の分際でッ‼)」

シグネは決意する。

人形たちをこれ以上出しても無駄。仮に人形に仕込まれた奥の手を使っても短時間では勝てない。切り抜けられない。

こうなれば自らの切り札を使う。

「(初めに一撃をもらったのが痛い……くそ、ナイナめ。これほどに厄介な相手だとは聞いてなかったぞ……いや、彼女程度では相手にもならなかったのだけは確かか……くそがァッ‼)」

シグネから異様なマナの流動。

先ほどまでは感知できなかったが、流石に今はヴェーラの視界には黒いマナが視える。それほどに濃厚なモノ。シグネを中心に渦を巻いている。

「この姿を見て……生きて帰れると思うなッ‼」

子供の姿だったシグネ。

まるでサイズの合わない着ぐるみを中から突き破ろうとするかのように、ナニかが彼女の体内で蠢いている。

邪悪な羽化の儀式。ゲーム的なボスの形態変化。第二段階。

「……あ……ッ」

ヴェーラは怖気を感じる。これ以上にないというほどのハッキリとした〝死〟を幻視する。

その本能的な恐怖に突き動かされて、咄嗟に彼女は逃れる。


射線上から。

瞬間、シグネの上半身が失せた。

第九話　傀儡

どす黒いマナの胎動を感じ、アルは流石に危機感を覚えた。『アレはちょっと不味い』と。

だが、アルにとって解せないのは、敵は立ち止まった状態でマナを練っているだけという状況。特撮ヒーローの変身を律儀に待っている、悪の戦闘員の気分を擬似体験する機会が何故か到来していた。

無論、アルは待たない。

「(射線上にヴェーラがいるけど……まぁ割と近い距離だ。彼女なら感知できるだろ。『狙撃弾』の気配を。コレ、強力なのは良いんだけど、気配がなかなか隠せないのが欠点の一つなんだよなぁ……)」

そこはヴェーラへの信頼なのか何となくなのか……即座にアルもマナを練り『狙撃弾』を出力高めで段取りして……サクッと発動。射出。

着弾。というよりも貫通。

ごぱッという気味の悪い音と共に、ヘドロのようなモノを撒き散らしながら、変身途中的なシグネの上半身……胸の辺りから上を吹き飛ばす。

べちゃりと地に落ちた半身は形を留められないのか、液状に広がりそのまま溶けて黒いヘドロへと、地面の染みへと成り果てていく。

当然ヴェーラは事前に退避しており無事。代わりと言っては何だが、射線上にいた人形が一体、巻き込まれて壊れるという結果となった。

「(……普通に当たるのかよ。何かの誘いかと思って警戒したのが馬鹿みたいだな。とりあえず、残っている気持ち悪いゴーレムを壊しておくか)」

黒いマナの塊のような敵……シグネを行動不能にしてから、途端に人形たちの動きが悪くなる。それでも、アルが近付くと、そういう初期設定なのか殴り掛かってくるという始末。

つい先ほどの経験から、殴って壊すと黒いマナの塊が噴き出て気持ち悪いため、アルは人形たちが反応する間合いの外から、『銃弾』で頭部を破壊していく。もはや掃討であり、的当てゲーム的な作業でしかない。

人形たちはかなりの強度があり、高出力な『銃弾』数発を要しなければ機能を停止させることができなかったが……それでも特に問題もなく、アルはヴェーラと合流した。


「アル様。申し訳ございません。持ち場を離れてしまいました」

「いやいや。アレは僕が悪いから。むしろ避けてくれないと困るよ。まぁヴェーラなら避けられると信じていたからやったんだけどさ。……それより、コイツは一体ナニモノだろうね？　この状態でも黒いマナがまだ動いているし……」

胸の辺りから上がない。当然に頭部もだ。そんな元・シグネの下半身は仁王立ちしたまま。そんな状態であっても、未だに黒いマナがその流動を止めていない。

普通の生物であれば、明らかに死んでいる状態のはずなのにだ。もっとも、大森林の昆虫の中には、頭部を失っても反射的に動く連中もいるが……それとはまた別の仕様とアルは見ている。

この状態で活動を停止しないとなると、一般的にはアンデッドくらいだが……アルはそれも似て非なるものだと感じていた。

「……とりあえず、ヴェーラは《王家の影》に連絡してもらえる？　迂闊に触れるのはどう考えても不味そうだし……神聖術の使い手でどうにかなるかな？」

「畏まりました。……そうですね。コレは明らかにまだ活動を終えていません。アル様、もし動き出すようなら早急に退避をお願いします」

「そうするよ。流石に『狙撃弾《切り札》』で半身を吹っ飛ばして死なないなら、僕にできることはもうないしね」

一つ礼をして、ヴェーラは《王家の影》への連絡調整へと走る。

黒いマナを纏う者。明らかに『託宣の神子』を害する存在。ならば、神子を守り導くという『使徒』がその相手をするのは理屈としては分かる。

しかし、アルはどうも納得がいかない。自分がその『使徒』であることが。

特別に女神の啓示なり託宣なりを受けた覚えもない。女神に限らず、神になど会ったこともない。いきなり『使徒』だと言われても……知らんがな。……というのが彼の本音だ。

むしろ、《王家の影》と繋がりを持てたのは良い面もあるが、今回のような場合は悪い部分が多い。首輪付きの悲哀だ。

「（ふぅ。これはスライム系か？　それとも死霊系？　……どうせクレア殿は敵の正体すら知ってそうだし……ってか、それがまた腹立たしい。ま、今回は彼女に関係なく〝こう〟なっていた気もするけど、いちいち首輪を引っ張られると面倒なんだよな。う～ん……幸いにもダリル殿たちと直接話をしても不自然ではない程度の顔繋ぎもしているし、コリンが来たらしばらく《王家の影《クレア殿》》とは距離をおきたいな。ギルドなり裏組織なりを使って自分でも情報収集をしないと……）」

　そもそもアルは黒いマナを感知することはできるが、ソレを何とかできる手段がない。高位の神聖術使いのように、不浄の力を浄化できるわけもない。むしろ、主人公たちの白いマナとやらで相手をするのが正解ではないかとアルは思ってしまう。

　今の状況は、火事場に水を持たずに駆け付けるようなモノだ。アルは眺めているだけで何もできない。むしろ消火活動の邪魔になるし、いっそのこと犠牲者が増えるだけとなる可能性まである。

　まぁ破壊消火ならできるが……そんなのを女神から期待されても、それはそれで迷惑だとアルはぼんやりと考えていた。

「（とりあえず〝戦い〟という点では、不意を突けばやり合えるのが分かっただけマシかな。ゴーレムはやたらと頑丈だったし、この気持ち悪い子供は正面からやり合っていたらヤバそうだった。子供も人形も黒いマナが視えたから判別できたけど、戦いに入る前は気配や仕草、マナの流動はまったく普通の一般人並……その上で、戦いになれば気配やマナの動きが読み難い上、身体強化済みのそれなりの魔道士以上の身体能力。……もろに隠密的な破壊工作や暗殺向きだな。あんなのが隣にいても、ほとんどの者は気付けない……騒動を起こすのにうってつけだね)」

アルは考えごとをしつつ、シグネだったモノを監視しながら、《王家の影》なり、治安騎士なりを待つが、彼は気付いていない。

「(？　やたらと騒がしいな。ヴェーラの要請に対しては早い……？)」

天下の往来から路地裏にかけて、黒い血を持つとはいえ、明らかにヒト族と思われる者の死体と血痕のようなモノが転々としている。辿った先には仁王立ちのままの子供の半身があり、その傍らにアル。完全に容疑者……というより犯人。

「き、貴様ッ‼　そこを動くなッ‼」

「何てことを⁉　この外道がッ！」

駆け付けた治安騎士がアルを確保。この場に限っては、冤罪や誤認の可能性はない。

「いやぁ、助かりました。流石に任務に忠実な騎士を振り切って逃げるわけにも行きませんでしたし……」

治安騎士団の詰め所の地下。所謂留置所。結局アルは、一時的に身柄を拘束する牢屋へとぶち込まれた。

彼は駆け付けた治安騎士たちに説明はしたが、問答無用でマナ封じの手錠をかけられて連行。アルも流石に抵抗はしない。状況が状況だけに仕方ないと諦めた。現行犯逮捕だ。

その後、ヴェーラの連絡を受け、《王家の影》でも状況を精査。身元を保証するために、ヨエルが詰め所に迎えに来たのは翌日の昼となってから。アルは留置所にご宿泊となっていた。

ちなみにヴェーラはサイラスたちのもとへ戻り、〝敵〟の逆襲を警戒している。

「……真昼間の町中で何をしているのですか。何を。いきなり動くのではなく、せめて事前に連絡は入れてもらいたい。段取りも無茶苦茶になったらしいですよ……ふぅ。クレア様は報告を聞いて、珍しくも涙を流すほど大笑いしていたそうなので……お咎めはないでしょうが……」

「いやぁ……僕もまさか、クレア殿たちが敵と目した連中を相手にしているなんて思ってなかったので……（まぁ本当は途中で気付いていたけど……）」

少し疲れた風のヨエル。組織の下っ端的な哀愁が漂う。

ビクターが他の班や治安騎士団への繋ぎの調整をしている時にこの騒ぎ。ヨエルたちが直接調整に関わることはなかったが、上役であるビクターの不機嫌さが堪える。

「それで？　あの気持ち悪いゴーレムや仁王立ちの下半身はどうなりましたか？　不浄のマナが関わるから教会関係者を呼んでくれ……と、一応は治安騎士たちに忠告は残しましたけど……？」

「……凄惨な光景を見て焦ってはいても、不用意に直接触れるような迂闊な者は治安騎士団にはいませんよ。教会の呪術払いを得手とする御方たちに確認をとるように動いていました。現在、あのゴーレムの残骸などは聖堂騎士団が管理しているようです。……ただ、クレア様はあの下半身を見て『抜け殻だ。中身は逃げた』と仰っていました。そして、それをアル殿に伝えろと……」

クレアからの伝言を聞き、げんなりとするアル。

「(おいおい。中身が逃げたって何だよ。連中は寄生生物か何かかよ？　そんな連中が〝敵〟なのか？　意味深なのは主人公相手だけにしてくれよ……ゲームとかでは気にならないけど、意味深なこと言って自分ワールドにトリップする奴って……実際にいたら腹立つよな！)」

クレアの暴力に今のところ逆らえないが、腹を立てるのは別とばかりにアルは内心で愚痴る。

もっとも、アル自身にも敵を斃したという手応えもなく、敵の残骸を警戒はしていたが、同じく『脱皮後みたいだ』という印象を抱いてはいた。ただ、その逃げた先や中身については見当もつかないが。

「……今後はどうしましょう？　コートネイ家への治安騎士からの揺さぶりはそのまま実行するので？」

「その辺りは再調整をしているようですが、計画自体は実施する方向だそうです。なので、その際にはアル殿にも同行してもらうことになるでしょう。……それまでは、おとなしくしておいて下さいよ？」

クレアの計画は続行。コートネイ家へのガサ入れは実施。ただし、この作戦自体は既にコートネイ家へ筒抜けになっていることを想定している。

つまり『探られて不味いモノがあるなら今の内に切れ』というメッセージに過ぎない。そこで不味い付き合いを清算するなら良し。そうでないなら……という、王都ではよく見られる都貴族へ警告行動だ。

「相手がちょっかいを出してこなければ、僕もおとなしくしているんですけどね」

「アル殿……ッ！」

「いやいや、流石に冗談ですって！」

ヨエルの圧に屈するアル。今は揶揄《からか》うのも不味いと察する。《王家の影》から距離をおきたいが、身元保証人は大切にしたい。守りたい。この保証人。Ｂｙアル。……ヨエルからすれば迷惑な話だ。

「ま、まぁ……面会の許可が下りたらですが、セリアン殿の様子を窺う程度は良いですか？　恐らく、セリアン殿を黒いマナで攻撃していたのは、あの抜け殻となった奴でしょうから……」

「……そうですね。まぁその程度であれば……現状、黒いマナをまともに感知できる者はあまりいないようですし……その辺りは私もビクター様へ報告しておきます」

「それ以外については、アンガスの宿かギルドの方でおとなしくしておきますよ」

軽い確認をして、アルはヨエルと別れる。

周囲を探っても、特別に害意を持つ者や、塊のような強度を持つ黒いマナは感知できない。敵側には、立て続けに攻勢をとる意思はないとアルは判断する。

斃したという手応えこそないが、手痛いダメージを与えたという感触はあった。

「(さて、これでセリアン殿の体調に変化があればね。敵を斃さずとも術が解けるということになるけど……そもそもあの術、黒いマナの蛇は一体どんな効果や目的があるのやら……?」


とある屋敷。コートネイ家を見張るための拠点。

二つの人影が語り合う。

一方はナイナ。もう一方は特徴のないヒト族の若い男。人形。

「ナイナ、君はとんでもない奴を相手にしたね。聞いていた〝礫〟どころでは済まなかったよ。まさか私の依り代を復元不可能なほどに壊すとはね。お気に入りだったのにさ。……くそ! ヒト族如きが……ッ! 制御が切れたとはいえ、総帥に借り受けた人形を八体も失ってしまったよッ‼ 総帥と共に造り上げた傑作がッ!」

無表情の男が語る。その表情に似つかわしくない、醜悪な怒りを乗せた女児の声で。

そして、それを聞くナイナも、まるで人形のように表情がない。

「(シグネでも無理なのか……魔族やヒト族を超越した化け物であっても……)」

ナイナの胸に宿るのは諦念。

少なくとも自分には無理だという諦めはあったが、彼女が身を寄せた開戦派を騙る組織には、自分を遥かに凌ぐ実力者や魔人、或いは化け物たちがいた。

エイダには、こいつ等なら奴を……という後ろ暗い計算と願望があったのだが、その一つが潰えた。

もっとも、シグネが人外の化け物らしさを発揮する直前、隙だらけのところを狙い撃たれて、呆気なくやられたということをナイナは知らない。

シグネはまだ本気を出していないだけ。

敗れた者の言い訳としてはあまりにも無様。

「……ナイナ。私は未完成ではあるが〝例の依り代〟へ移る。今の時点で、保管している別の依り代に定着してしまうと、例の依り代の完成後に直ぐに移ることができなくなりそうだ。……しばらくは確実に身動きが取れなくなる。君に預けている分と、屋敷に残している人形たちを回収してベナークの下へ行け。総帥の計画に水を差すわけにはいかない。屈辱ではあるが、王都の活動に関して、後はフロミーに任せる。くそ。……ああ、コートネイ卿は始末だ。あと、アルバート・ファルコナーの件はベナークに報告しろ。フロミーには伝える必要はない。あいつは遊び好きだからな。下手に興味を持たれるとややこしい。あのアルバートはあろうことか擬態状態の私や人形を看破した。むしろ迂闊に人形を連れて近付くべきではない……今はな。あの野郎はもう私の獲物だ。必ずこの手で殺してやるさ……ッ！」

「……承知した。ベナークとは……確か東方辺境地で活動する者だな？　コートネイを始末後、速やかにここの痕跡を消し、残された者たちを纏めてからそちらへ向かう。私からフロミーに伝えることはない。……それで良いんだな？」

諦念のナイナは、シグネに言われたままの忠実な回答。

「いい子だ。ナイナ。君を加えられたのがせめてもの救いだよ。……もし、君と一緒に出奔してきた連中の中に才ある者がいれば、人形を二体までなら預けてもいいよ。私の元々の部下たちにも、しばらくは君の言うことを聞けと伝えておくさ。後はベナークの指示で動いてくれ」

ナイナには予感めいたものがある。

恐らくシグネとは、彼女が別の依り代に移ったとしても二度と会うことはない。

自分が死ぬのか、シグネが虚無へ還るのかは分からないが、ここが今生の別れとなる。そんな確信があった。

「(シグネ……アンタは魔族ですらない異形の化け物だったが……それでも寄る辺を失った私を拾ってくれたことに違いはない。この命ある限りはその指示には従ってやるさ。……もう私にはそれぐらいしか遺されていないからな……)」

空っぽ。虚脱感に支配された体を引き摺りながら、ナイナはシグネの指示を守るために動き出す。虚しき復讐者。シグネの傀儡。甘ったれた力無き愚か者。

アルがコンラッドにセリアンとの面会を申し出て、後日の約束を取り付けた頃。

時は夕方。日が沈むことを惜しむ頃。夜の帳が下りる前。

コートネイ伯爵家の邸宅は凄惨な修羅場と化していた。

イーデン・コートネイ伯爵。

その気質は選民思想が強く、傲慢で不遜。都貴族の中の都貴族といった風ではあったが、王国建国前から続く古貴族家の現当主に違いはない。

都貴族の常ではあるが、実戦からは離れていた。ただ、魔道士としての腕は一流。そのマナ量も潤沢であり、幾多の属性魔法を使い分ける技巧派として知られていた。

そんな彼は、いきなり何者かの襲撃を受け、邸宅内で戦闘……襲撃者たちとの殺し合いとなる。

残念ながら、伯爵やその護衛を含めて、誰一人生存者はいない。非戦闘員である使用人まで皆殺し。

不幸中の幸いなのか、貴族位を持つ妻と継承者たる長子は、当時は別宅で過ごしていたために犠牲にならずに済んだが……襲撃を予期していた伯爵当人が、事前に指示を出していたともまことしやかに囁かれている。ただし、その詳細は不明。この件については、妻子はもとより一族の皆が、示し合わせたように口を噤んだという。

邸宅を入ってすぐの玄関ホール。

そこにはズタズタに引き裂かれて力尽きたイーデン・コートネイ伯爵の遺体と、襲撃者一味と思われる所属不明の二名の男の死体、黒い血を持つ壊れたゴーレム三体が残されていた。

邸宅内やその遺体を検分した者たちによると、伯爵は護衛である近習の私兵たちが力尽きた後も、その身一つで、力無き平民の使用人たちを守りながら襲撃者たちと戦い続けた形跡があったという。

多くの使用人は、伯爵の命の灯が消えた後に殺害された模様。

治安騎士団が踏み込んだ際、襲撃者たちが逃走するような物音を聞いたということから、伯爵の決死の抵抗により、連中には証拠を隠滅する時間すらなかったのだろうと見られている。

第十話　都貴族の矜持

「アル殿。主との面会の件なのですが……誠に申し訳ございませんが、延期をお願いできないでしょうか？」

面会の約束と取り付けた昨日の今日、昼を過ぎた頃にコンラッドがアルを訪ねてきた。わざわざギルドへ。

「えっと……それは構いませんが、セリアン殿の体調が？」

「いえ、主の体調に変化はありません。むしろ少し元気になっているくらいです。実は昨日アル殿とお約束をした後、夜半に御当主からの連絡がありまして……遠い血族にあたる古貴族家に変事が起き、その加減で予定が入りました。本来は先約であるアル殿を優先すべきところですが……誠に申し訳ございません」

コンラッドはそう言いながら、再度謝罪の意を表して頭を下げる。芝居がかってはいるが、その礼に他意はない。誠実さがある。以前と同じく。少なくともアルにはそう感じられた。

「変事？　コートネイ家の件ですか？」

「ッ！　アル殿も既にご存知でしたか。……話が早いと言っては彼《か》の家の者に失礼ですが……私が仕えるゴールトン伯爵家とコートネイ伯爵家は、元を辿れば一つの家。遠い血族です。もちろん、これまでの両家には血で血を洗う暗闘の歴史もありますが、流石に現当主がこのようなことになった以上、何もしないわけにはいきません。セリアン様の父君であり、現当主のゴールトン伯爵も辺境開拓村の巡回視察から戻ってきておりましたので……恐らくは遺族……コートネイ伯爵夫人や継承者である長子への支援などを申し出ることになるでしょう。そして、セリアン様もそれに伴って色々と調整が必要となりました」

アルからすれば、敵同士で何をそんな甘いことを……と思うが、都貴族家同士は決して敵同士ではない。

利害の対立がエスカレートしての陰謀劇、暗闘、時に殺し合いに発展するのは日常茶飯事ではあるが、その暗闘や陰謀以外で窮した場合、都貴族家は結束する。力有る者が力無き者を援けるという貴族の基本に立ち返るのだ。あくまで貴族家同士に限られるが……。

まだ詳細は公にはされていないが、コートネイ伯爵は襲撃者を撃退するために死力を尽くした。遺憾にも力尽きたが、その過程で襲撃者の幾人かを撃退した上、最期まで彼は力無き者……平民の使用人を守るために戦い、そして散った。残念ながら、彼が守ろうとした使用人たちも後を追う結果となってしまったが……。

それは貴族の矜持だ。

その命を以て貴族の矜持を示した者は讃えられるべきである。

そんな文化が都貴族家には脈々と受け継がれている。

魔物との戦いで日々命を懸ける辺境貴族家とは違う形ではあるが、やはりそれもマクブライン王国の貴族の在り方。

「僕は辺境の田舎者ですが、確かにコートネイ伯爵の散り際には貴族の矜持を感じます。ですが、セリアン殿への呪術のようなモノを仕掛けたのもコートネイ伯爵家の疑いが濃厚なのでは？　それでもゴールトン伯爵家は彼の家を援けると？」

アルの率直な疑問。そんな疑問を受け、コンラッドは微笑む。

「アル殿。辺境貴族には辺境貴族の矜持というモノもあるでしょう。……今回のようなことこそ、まさに〝都貴族の矜持〟というモノですよ。過去の恨み辛みで、都貴族家同士は援けを求める者の手を払うような真似はしません。逆もまた然り、仮に援けは要らないと手を払われようとも、相手が窮地の際には手を差し出し続ける……少なくとも、私が仕えるゴールトン家はそうです。……あくまで陰謀や暗闘の結果以外に関して……不慮の事故、外敵の襲撃なり災害などの場合に限られますが……。ちなみに、これが他家との暗闘の末のことであれば、ゴールトン家も便乗し、笑顔でコートネイ家へ止めの一撃を加えています」

コンラッドの語る都貴族の矜持。貴族同士の互助。都貴族のルール。彼等はそれを脈々と受け継ぎ守っている。それを理解できないからといって、部外者であるアルが口を挟むことはできない。

「コンラッド殿。申し訳ございません。謝罪いたします。僕のような都貴族の流儀を知らぬ者が、安易に口を挟むべきことではありませんでした。都貴族家の矜持。確かにお聞きしました。その全てを僕が理解することはできませんが、コンラッド殿の言葉を胸に刻みます」

アルは深く貴族式の礼を取る。戦場を征く者の礼。それは都貴族も同じ。

多少の羞恥を感じる。アルは知らなかった。ただそれだけ。しかし、愚かなことに違いはない。

「(都貴族か。確かに腑抜けているし、腐っている連中も多い。ただ、都貴族にも彼等の戦場での習いがある。当たり前を守っているということか……まぁ連中が大森林の戦いの基本を知らないように、僕が都貴族のルールを理解することはないだろうけど……)」

腐っている。腑抜けている。それも一部の都貴族の真実。だが、それだけでもない。

これからも民を害する腐った都貴族家の者と関われば、アルは躊躇なく始末する。そこに違いはない。だが、ほんの僅かに彼らの文化を知った。

「アル殿。謝罪するのはこちらです。先約であるアル殿を蔑ろにしたのですから……改めて、主と共に謝罪の場を設けます。この度の面会については平にご容赦を……」

コンラッドもアルに負けじと深く礼を取り、去っていった。


『貴族とは戦う者よッ‼』

『貴様のような小娘如きが、このイーデン・コートネイを殺せると思うなッ‼』

『下衆どもがッ‼　弱い者にしか強く出れんのかッ⁉　ゴーレムを盾にするしか戦う術がないのかッ⁉』

『私を殺したければ、あのシグネという化け物を連れて来い‼』

元エイダ。諦念のナイナ。虚しき復讐者。シグネの傀儡。

彼女の脳裏にこびり付いて離れない。コートネイ伯爵の姿とその声。

ナイナたちは、シグネから預かった人形六体と、シグネの部下やヴィンス一族から共に出奔した者たち……計十名を伴ってコートネイ家を襲撃した。

だが、彼女の同胞であり姉代わりのカーラは止めた。いくらシグネからの指示であっても、取引相手……古貴族家の当主に襲撃を仕掛けるなら、もっときちんと準備をするべきであり、雑な作戦過ぎて容認できないと。当然、今のナイナがそんなことを聞くはずもない。結局、今回の襲撃にカーラは不参加。最終的には、ナイナに『ま、あんたの好きにしな』と言いつつ引く。

諦念に呑まれたナイナは気付かなかったが、実のところ、カーラはコートネイ伯爵を真っ当に評価していたのだ。危険な相手。手痛い逆撃を受けるだろうと。

結果として、人形三体、シグネの部下二名、出奔した同胞三名を失う。

人形は三体とも打ち捨て、遺体を持ち出せなかった者までいる。

目的であったコートネイ伯爵の殺害は果たした。本来は彼や護衛だけで済ませるはずが……邸宅にいた者を皆殺しにすることに。使用人も含めてだ。

ナイナはまたしても舐めていた。

貴族家の当主といえども、ヒト族のだらしない身体をした中年に過ぎない。

話にもならない。

どうせ戦えない奴だ。

護衛の影に隠れて逃げ回られると厄介か。

みじめな命乞いをして泣きじゃくられると鬱陶しいな。


気怠い身体を引き摺りながら、そんなことしか考えていなかった。シグネからの指示を果たすことだけ。自分のことだけ。カーラの忠告は響かなかった。

蓋を開けてみると、伯爵は覚悟を持って待ち構えていた。

最低限度の人数しか邸宅に配置していない上、残っている護衛たちは精鋭。

ナイナたちは苛烈な反撃をもろに喰らう。

護衛たちは、伯爵の護りよりも敵の撃退に血道をあげる死兵。

人形相手に、片腕を斬り飛ばされようが、腹に風穴が開こうが向かってくる有様。

伯爵自身も使用人たちを護りながら、決して室内で使うようなモノではない強力な魔法を放ってくる。

ナイナは呆気なく折れた。呑まれた。

人形たちを前に出し、伯爵自身やその護衛たちと決して目を合わせないように逃げた。

彼女にとって幸いだったのが、その強力な人形たち。

まだ制御が甘いとはいえ、徐々に形勢はナイナたちに傾き、精鋭たる近習全員を黄泉の国へ送り届けた頃には、伯爵自身もその両腕と顔面の半分近くを失っていた。

削がれた鼻。裂けた頬。片目が潰れてなおギラつく隻眼。

伯爵は吠える。猛る。折れない。止まらない。ただただ戦う。

ナイナが逃げ腰でダメージの蓄積もあったにせよ、三体の人形は両腕を失った後の伯爵に壊されたと言っても過言ではない。

たかがヒト族。腑抜けた都貴族。

魔族……それも魔人と言っても良いほどのマナ量を誇る私に敵うはずもない。

貴族などと威張っても、陰謀や利得にかまけた、本物の戦場で戦うことができない臆病な者たちに決まっている。

どこがだ？

伯爵は命果てるまで戦い抜いた。そして、ナイナは最期まで彼の目をまともに見ることができなかった。その遺体からすらも逃げた。

恐怖。

アルの時とは違う。強者への恐れではない。死を厭わず戦う死兵への畏れ。

使用人たちもそう。彼等彼女等は力無き者ではあるが、主亡き後も最期まで抵抗した。

そのこともあり、ナイナたちは伯爵を殺害した後にすんなりと離脱できなかった。皆殺しにせざるを得なかった。

人形たちが軽く手を振れば死ぬ。そんな脆弱さにもかかわらず、各々が手に持った刃物で襲い掛かって来る。

腰から真っ二つになった使用人の上半身が人形を掴んだまま。死しても噛みついて離さない。

臓腑をぶちまけながらも走って向かってくる。

ナイナは知った。己の弱さを。そして死を厭わない者の執念を。改めて。

マナ量の多寡など問題にならなかった。

マナ量が多い。だから何だ？

強力な魔法が使える。だからどうした？

震えて動けない。戦えない自分は、死を覚悟したヒト族の平民にすら負けている。

コートネイ家を脱した後、気付いたら彼女は泣いていた。子供のようにわんわんと。怖い怖いと泣いていた。

「(帰りたい帰りたい帰りたい！　何故私はこんなところへ来てしまったんだッ!?)」

彼女はもう帰れない。


「コートネイ伯爵は長年に渡る魔族との取引を隠し通すことができないと考えたのでしょう。教会に勘付かれたと。だからこそ、彼は戦って散った。そうすることで家を存続させることができる。そういう計算があったのかと……」

雑談というにはいささか物騒ではあるが、この度のコートネイ家の顛末と狙い……都貴族家の考え方について、アルはヨエルに教示を受けていた。

「異端審問に掛けられれば一族連座で処分……家も取り潰されるでしょう。しかし、今回のような場合であれば、都貴族家の互助が期待できる。彼が庇ったという平民の使用人にしても、選りすぐられた者であり、長年コートネイ家に仕えて利益を受け取っていた者たちで固められていたはずです。自身の死も覚悟の上だったでしょう。次代の伯爵はその忠義に応え、彼等の遺族に厚く報いるはずです。現場を検分した者たちの報告書によると、使用人たちにも戦った形跡があったそうですから。そして、伯爵自身もまさに死兵となって壮絶に戦ったと。彼は両腕を失った後も、かなりの時間を戦い抜いたようです」

コートネイ家の変事からしばらく経ったある日のこと。治安騎士の捜査などにより、当時の状況の詳細が分かりつつある。

伯爵の思惑。家の存続。異端審問の回避。都貴族家の互助。

諸々のために伯爵は『〝正体不明の賊〟から使用人たちを守るために死兵となって戦い、そして散る』……という狙い。彼からすると全て予定調和だったのかも知れない。

「僕はコートネイ伯爵を知りませんし、僕の思う覚悟とはまた違いますが……その最期の戦いぶりは尊敬に値しますね。ファルコナー顔負けの戦士だ。付き従った者たちについても。良い悪いの話じゃないですけどね。まぁ実際に会えば、腐った都貴族だとぶっ飛ばしたくなったかも知れませんが……」

アルの言葉に苦笑いのヨエル。

「魔族奴隷の取り扱い、違法な人身売買、汚職、ゴールトン家をはじめとした他家への謀略の数々、治安騎士への贈収賄、裏社会の犯罪組織の支援……等々。伯爵の実態はアル殿の語る腐った都貴族の部類ですよ。いえ、でした。今となっては、先代のコートネイ伯爵は貴族の矜持を示した者としてその名を遺しました。異端審問を回避した上で。魔族関連以外でも色々と嫌疑があったようですが、彼を追っていた治安騎士団の者たちは、この結果に『見事に逃げられた』と溢していたそうです。かなり悔しそうだったとも聞きました」

先代伯爵は、最後の最期で盤上をひっくり返した。その命と戦いを以て。

当然のことながら、継承者である次代のコートネイ伯爵は、そんな父の姿を見て考えるだろう。

『次はもっと慎重にしなければ』……と。それが都貴族家の強さであり戦いなのだ。

「なるほどね。家の存続……都貴族の戦い。単純な強い・弱い、生きた・死んだでは決まらない勝負か。……結局、コートネイ家への揺さぶりどころじゃなくなりましたね」

「ええ。とりあえずは。今回の伯爵の相手はクレア様の言う〝敵〟。開戦派を騙るという魔族組織だったのでしょう。王国からすれば明らかに不埒な者ども。先代伯爵の仕込みや計算があったにせよ、〝王国の敵〟と戦って討たれたという結果ですからね。ある程度事情を知っていても、慣例として他の都貴族家は先代伯爵のこれまでの罪を流します。となれば教会も引き下がらざるを得ない。先代やコートネイ伯爵家を外患誘致《がいかんゆうち》の罪人や異端者として裁くまではいかないでしょう。そもそも、あからさまに下手な手を打つ御仁でもなかったようですしね。敵たちも哀れといえば哀れです。散々に利用し合った挙げ句、先代コートネイ伯爵の最期の花道の添え物となったわけですから。まぁ私たちとしても連中の手掛かりを失い、追い難くなったのは痛手ですけど……」

結局のところ、結果だけをみれば先代コートネイ伯爵の一人勝ち。

流石にアルの動きまで読んでいたわけではないが、イーデンはシグネたちとの決裂を誘っていた。

先代伯爵は、聖堂騎士に嗅ぎ付けられた頃から今回の絵図を描き、それに向けて動いていた。

つまり、シグネが自分たちの存在に勘付いた者を始末しようと画策する以前から、彼女たちはイーデン・コートネイに釣り出されており、彼の手の上で釣り針がついたままに踊っていたということ。

ちなみにアルは知る由もないが、コートネイ家が聖堂騎士団に決定的な嫌疑を持たれたのは、廃教会付近の〝とある取引現場〟からの芋づる式だったという話があるとかないとか。


「あ、そうだヨエル殿。話は変わりますが、僕の黒いマナの感知能力を調べるのに、神聖術の使い手で協力してくれそうな人っていませんかね？　流石にあのヘドロみたいな黒いマナは……感知だけでは心許ないので……ちゃんと調べておきたいんですけど……？」

「ああ。それならビクター様からも話が来ていました。今回、ゴールトン家の者と知己を得たのなら彼等に頼るのはどうかと……」

《王家の影》のビクターからの提案。アルの『使徒』としての感知機能の精査についても動きがあった。

しかし、アルが『使徒』であることはあくまでも非公式。ならば、いっそのこと自分で貴族家の者の伝手を頼れということ。丸投げ。そこには微かにビクターの苛立ちも乗せられていたりする。

「ゴールトン伯爵家ですか？　確かにセリアン殿やコンラッド殿と顔繋ぎはしましたが……？」

「アル殿が知らぬのも無理はありませんが、ゴールトン家は元々医術・治癒術に重きをおく家です。回復魔法や神聖術にも造詣が深い。当然のことながら、そのような方々との繋がりもあります。それに、病床にいるセリアン殿がどこまで聞かされているかは知りませんが、ゴールトン伯爵家はアル殿が予想していたように『託宣の神子』を肯定的に支援する家の一つです。従者であるコンラッド殿に『使徒』であることを匂わせれば便宜を図ってくれるでしょう。その程度であれば『使徒』の情報を利用しても良いと言われています」

ゴールトン家は治癒の魔法を得手とする古貴族家。

教会が秘匿する『神聖術』と違う系統ではあるが、彼の家《か》には欠損部位の復元すら可能とする「特別な回復魔法」が伝えられているという。そのため、昔から教会との距離も近く交流もある。縄張り争い的な緊張感のある類ではなく、お互いに切磋琢磨する間柄として。

「ああそういうことですか。では、それとなくコンラッド殿に打診をしてみるとしますよ」

アルは都貴族の戦いの一幕を知ったが、それはそれ。彼は彼のやり方で動く。相手を理解し、敬意を払うことがあったとしても、彼自身の戦い方が変わるわけでもない。

第十一話　誰も知らない

「（視覚や聴覚に接続はできるが、それ以外は無理か。やはり〝開花〟前の依り代では身動きが取れん。あとほんの数ケ月待てば〝強化〟の手間も省けたというのに……ッ！　くそ。中にいる状態で〝開花〟を迎えてしまっては意味がない。また一から身体を弄るのか……これだから貧弱なヒト族の身体は嫌なんだよ。くそったれ！　十数年掛けて造り上げた傑作の依り代を壊しやがってッ！　あの依り代が残っていれば……〝この依り代〟と共にできることも増えていたのにッ！　アルバート・ファルコナーめ……ッ！　ちッ。まだ意識を保ち続けることも難しいか……未完成な依り代の不自由なことよ。仕方ない。〝開花〟まで眠って待つしかないか……）」

シグネ。妖しき存在。魔族ですらないモノ。

彼女は逃れていた。女児の依り代を捨て、影に潜ませていた人形を辿り、禁術により未完成の依り代候補へと自身を飛ばした。

彼女には生物的な死という概念はない。その本質は意思。意思をマナに乗せて生物や無機物を渡り歩く不定形の存在。

外法中の外法と呼ばれる死霊術。それを更に発展させたという『不可侵なる禁術』を用いて辿り着いた成れの果て。そんな存在。

彼女も元を辿れば脆弱なヒト族の魔道士に過ぎないが、既にそんな記憶も残ってはいない。彼女と表してはいるが、シグネにはもはや性別もない。ただの意思。長く定着した依り代に合わせて性差のようなモノが少しだけ表面に浮かんでくるだけ。

この世界にシグネという存在が誕生してから、もう百年以上の時が経過している。彼女にとっては特に意味のない数字ではあるが、それだけで尋常の存在ではないことが窺える。

誕生した時より、魔法の研究をしながら気の向くままに世界を彷徨うシグネ。ある時、魔族領にてついに彼女は出会う。

自身の存在を超えるモノ。彼女が今では心からの尊敬を以て総帥と呼ぶモノ。

そんな総帥への敬愛は本物ではあるが、この度の王国との争乱に関わったこと自体は、シグネにとってはほんのお遊び程度の感覚でしかない。

期待には応えたいが、その目的が成就されようがされまいが、実のところシグネは興味がない。ただ敬愛する総帥に関わっていられればそれで良いという姿勢。

自身の特性を活かしたヒト族の傀儡化。目を付けた大貴族家の者に成り代わり、ヒト族の社会で騒乱の種をばら撒く。それこそが、シグネが総帥から与えられた任務。

シグネにはもとより『不可侵の禁術』があったが、総帥が手ずからに操る尊き黒きマナを授かり、その術の力は増す。

意思は授かった黒いマナと一体化することで、生物への憑依に多少手順が必要となったが、それまでとは違い、憑依した生物をより強く操作《イジ》ることが可能になった。依り代。人形たちの原型。

彼女はヒト族の中で暗躍する。

シグネがヒト族社会で活動を続ける中で、いつの頃からか、自らと同じように総帥から直々に送り出された者たちも周りに増えていく。彼女が上役となり指示を出す機会も増えていった。組織の形成。

長き時を孤独に彷徨っていた彼女は、目的を同じとする者と共に行動することにも新鮮さを覚え、『こういうのも悪くはない』と考えるようになる。

ナイナに目を付けたのも、そんな気持ちの延長だったのかも知れない。

魔族としても破格のマナ量を誇る存在。

彼女であれば、総帥と共に造り上げた人形たちを十全に操ることができるかも知れない。

シグネからすれば、まさにナイナという素材を使った〝人形遊び〟という意味合いもあったわけだ。

ナイナが上手く育てば、それだけ総帥の覚えも良くなるだろうという狙いもあったが、本質的にはただの暇つぶし。

そんな人形遊びに興じている時、悩める人形《ナイナ》の望みを叶えてやろうと、これまた遊び半分で出掛けた所、呆気なく返り討ち。何とも締まらない話だ。

流石に依り代のない状態が長く続けば、彼女とてその存在を保つことができなくなる。無に還る。シグネにとっての死。それは流石に避けたい。

結果として、不本意ながらも未完成な依り代へ移ることとなり一時の休眠。

それがシグネの運の尽き。

「(……？　何だ？　騒がしい？　いや……熱い……？　まだ〝開花〟には早いはず……？)」

未完成の依り代にて微睡《まどろ》むシグネだったが、外部からの刺激を感じて目覚める。

波長を合わせるようにして、依り代の視覚と聴覚へ意思《自ら》を接続。その目の前に見える姿。

アルバート・ファルコナー。

「う～ん……セリアン殿。コンラッド殿からは、快方に向かっている、少し動けるようになった……とは聞いていましたが、はっきり言うと悪化しています。以前は全身に黒い蛇のようなモノが喰い込んでいたのですが、今は右腕に……コレは蛇ではなくて植物の蔓のようなモノか？……まぁそんなモノがビッシリと巻き付いています。指先から上腕にかけて。前より範囲は狭くなりましたが、その気配は余計に強くなっていますね」

シグネに聞こえてきたのはアルのそんなセリフ。

「(何故コイツがここにいるッ⁉　しかも私が視えているのかッ⁉　……まさか……コイツが〝種〟に触れた『使徒』かッ⁉　コ、コイツには女神の力など感じなかったぞッ⁉)」

シグネは誰かが〝種〟に触れたことには気付いたが、それが誰かまでは特定できなかった。杜撰な対応の末がこれ。

「……そうなのか？　身体はかなり軽くなり、少しの距離なら一人で歩けるようにもなったのだが……？」

「右腕はどうです？」

「……た、確かに、何故か右腕だけが気怠い感じはあるが……」

シグネにはセリアンとアルの声が聴こえている。

そして、その視界には他にも人影。

セリアンの寮室の中。人払いをしているのか人影は少ない。ただ、その人影の中に今のシグネが一番見たくない人物がいた。

年の頃は二十歳に届くかどうか、少女を超えるかどうかという一人の若い女性。

神聖術の使い手。

女神エリノーラ教会の所属ではあるが、位階は助祭の下である修道女《シスター》のまま。今のところは一つの特定の街や教会に定着しているわけではないため、時に『野良の治癒士』などと揶揄されたりもする処遇ではある。

しかし、彼女の実態は、教会が認定した女神の御使いとまで言われる『聖女』の称号持ち。戦いではなく、神聖術の中でも治癒や解呪に特化した使い手。その比較的自由の利く修道女の位階のままに、今は同じく治癒の魔法を得手とするゴールトン伯爵家の食客のような扱いとなっている。近しい協力者。

彼女の名はシルメス。

女神の力を微かに持つ者。

「(この女は……ッ！　託宣外の『使徒』ッ‼　何故生きているッ⁉　コイツは教会や王国より

のかッ⁉)」

も我々が先に見つけた！　もう始末したはずだッ⁉　何故だ⁉　フ、フロミーの奴がしくじった

一度は流れたアルのセリアンとの面会。今日はその埋め合わせとなる日。

ヨエルの助言のままに、アルは事前にコンラッドに『使徒』を匂わせ、口の堅い神聖術の使い手の同席を願っていた。顔繋ぎのために。

コンラッドからすれば、ゴールトン家の食客であったシルメスに声を掛けるのは当然のこと。シルメスも当然に断る理由もない。

「(……ま、待て待て！　な、なら、ゴールトン伯爵への仕掛けが失敗したのは……コイツの所為かッ⁉　フ、フロミーめッ‼　き、聞いてないぞ⁉)」

アルがベタなイベントと表した出来事。以前にシルメスが命を狙われた理由。彼女自身ですら、開拓村の視察に出たゴールトン伯爵を謀殺するためのついでだと考えていたが、そうではない。むしろ彼女も本命の一人だった。

まだ教会も王国もその存在に気付いていない、託宣外の『使徒』を始末する。優先度は高くはないが、総帥の計画を円滑に進める一手。

彼女の存在に気付いたのも画策したもシグネ。彼女がコートネイ伯爵に手を回して調整した。伯爵家の伝手で使い捨ての裏仕事の者たちを借り受け、実行自体はシグネと同じ組織に属するフロミーという者に任せていた。あくまでヒト族同士の争いとして処理するようにと。

結果、シルメスは生きている。ゴールトン伯爵もだ。

シグネはそもそも管轄外だとして、今に至るまで作戦の結果をさほど気にもしていなかった。聞かされても流していたという程度。流石にゴールトン伯爵の謀殺に失敗したことは覚えていたが……。

セリアンを依代として、コートネイ家と共に古貴族家のパワーバランスを壊すことに執心していた。自身の役割のことだけ。人外の傲慢さに間抜けさ。

もっとも、先代コートネイ伯爵も、シグネが化け物と知りつつ『ゴールトン家を傀儡にするにしても、自分ではなく次代での勝負となるだろう』と、証拠を消しながら気長に待ちの姿勢だったという。これも人外の化け物たるシグネの杜撰な管理の末のこと。

「……私には主の身にそのようなモノを視ることができません。アル殿を疑うわけではないのですが……シルメス殿。聖女とまで称えられる貴女にも、アル殿の言うモノが視えるのでしょうか？」

「私が聖女かどうかは置いておくとして、アル殿が視えているだろうモノは私にも視えています。……そして、〝コレ〟と似たようなモノは例の開拓村を始め、各地で散々視てきましたよ。セリアン殿の父君、ゴールトン伯爵にも似たような黒いマナが絡みついていました」

鈴の鳴るような声で、シルメスがコンラッドの問いに答える。

同じモノが視えると。アルの意見は間違っているわけではないと。

そして、その声色には余裕もある。今の彼女には〝処理〟することができるから。

「私にも理由は分かりませんが……私がこの黒いマナをハッキリと確認できるようになったのは

一年と少し前です。それこそ流行り病だと伝えられたあの開拓村で、ゴールトン伯爵や他の方々を治療……いえ、〝解呪〟した頃が始まりだったように思います。それ以前にはこれほどハッキリとは視えませんでした。女神様の思し召しと言えばそれまでなのですが……やはり私には何らかの意味があるのだとは思っています」

そう言いながらシルメスはセリアンの右腕にそっと手を伸ばす。

「(や、やめろッ！　女神の力で私に触れるなッ‼　『不可侵の禁術』を超えた、総帥と共に築き上げた新たな術なのだッ！　尊き黒きマナが壊れるッ！　やめろ！　やめてくれッ‼　私はまだ消えたくないッ！　ぎゃあぁぁッッッ‼　いやだぁぁッッッ‼)」

ヒトの身を捨て、外法の存在と化したシグネ。その最期。

彼女は人知れず……そう、誰にも知られずに虚無に還ることとなった。

違和感を覚えていたアルも、実際に黒きマナを浄化したシルメスも、依り代として利用されていたセリアンも……誰もがシグネの存在を知らぬまま。

ただ消える。

彼女の〝切り札〟とやらを誰かが目にすることもなく、呆気なくシグネはこの世界から退場する。

「(シルメス殿も凄いな。ダリル殿やセシリー殿にはかなり劣るけど、あのキラキラがある。『託宣の神子』以外でこの光を纏っているヒトを初めて視たね。ただ、ダリル殿たちの〝白いマナ〟を扱えるというわけではないのか。彼女も何らかのお役目的なモノがある者か？　少なくとも黒いマナを浄化するってことは、この世界の女神基準なんだろうけど……ゲームには黒いマナだとか白いマナ、それにこの〝光〟なんて出てこなかったはずだし……）」

セリアンの右腕に巻き付く黒いマナを浄化するシルメスに、アルは光を視た。『託宣の神子』であるダリルとセシリーが纏う光。それと同質のもの。しかし、解せないのは、彼女の使う神聖術自体は見慣れたモノと同じということ。

アルが一度だけチラリと確認した、ダリルの操る白い炎のような特異性はない。

「（この感じだと……彼女としてはただ普通に神聖術を行使しているだけみたいだね。つまり、僕にシルメス殿の真似事は無理か？　神聖術の素養なんてないしな……。感知能力のみで、黒いマナへの直接的な対処能力はない。……僕はこの不自由な縛りのある基本装備でやっていけということなのかねぇ……）」

セリアンの腕に巻き付く黒いマナの茨が、ほんの一欠片も残さぬようにと浄化されていく。

黒いマナの茨が目視できなくとも、何らかの不浄なるモノが取り除かれていく様は、コンラッドにも流石に理解できた。当人であるセリアンなどは更にだ。

「……こ、これは……既に思い出すのも難しいが……これが〝普通の状態〟というものなのか……？　楽に呼吸ができる。息苦しくない。右腕も軽々と動く。それに、いつもあった靄がかかったような眠気や気怠さがなくなった気がする……」

「セリアン殿。とりあえず、私に視える範囲での浄化はできましたが……これで万全とも言えません。失礼ながら、今後も定期的にお体を診させて頂いても？」

シルメスにとっては手慣れた作業。

一年と少し前の開拓村を皮切りに、ゴールトン伯爵や護衛の騎士たちと共に村々を周り、各地で同じような解呪なり治癒なりを行ってきたのだから。

「む、無論だ！　むしろ私こそ切に願いたい！　シルメス殿にこれほどの力があったのであれば、もっと早くに診察を願うべきだった！」

「セリアン殿。お忘れですか？　私は二年程前にセリアン殿を診察しています。その時には、私には何もできませんでした。セリアン殿を蝕むナニかを微かに視ることしかできなかったのです。そして、私よりも遥かに優秀な、司教クラスの神聖術の担い手であってもセリアン殿を快方に導くことができませんでした。……私はあの時のことがきっかけで、ゴールトン伯爵家との縁を繋いだのです。……己の無力さから」

静かにシルメスが語る。ほんの少し前の自分には何もできなかったと。それがきっかけでゴールトン伯爵家の食客として縁を持ったと。

彼女自身に自覚はないが、その行動によってシグネに託宣外の『使徒』であることを看破され、杜撰な陰謀劇に巻き込まれて命を狙われることにもなった。

実際に、シルメスは自分を庇って犠牲になった者たちの姿を見てきている。開拓村の人たちにしてもそう。助けられなかった人たちも多かったのだ。シルメスが自身に課すところによると、まだまだ無力なままでしかない。

「……こ、これは失礼をした。シルメス殿……いや、聖女シルメス様。どうかその御力に縋らせてもらえないだろうか？　過去の貴女は無力だったのかも知れないが、今は紛れもなく私の恩人に違いはない……」

「シルメス様。私からもどうか……」

この度の集まりが、セリアン側の理由によって流れたアルとの面会の再調整の場だということは、既に誰の頭からも抜け落ちている。もう誰も気にはしていない。

アルの方も、セリアンの黒きマナを解呪するほどの神聖術の使い手……シルメスと繋ぎができただけでお釣りがくる。そんな風に考えていた。

「セリアン殿。コンラッド殿も。僕はシルメス殿との顔繋ぎはできましたし、ここは一旦退室させてもらいましょう。セリアン殿の体調のこともあることでしょうし……」

「ッ‼　こ、これは申し訳ございません！　この度はアル殿への改めての謝罪の場であったにもかかわらずッ‼」

悲愴な顔をするコンラッドやセリアンを宥め、アルはとっとと退室する。流石にこの場に長居するつもりもない。

「(黒いマナを僕と同じように感知し、その上で浄化までできる者がいると分かっただけで十分な収穫。彼女はゴールトン伯爵家の食客扱いだというし、別に後日に再度調整すれば良いさ。それにしても……結局、あの黒いマナの蛇なり茨なりは、どんな術だったのやら……？　シルメス殿に後日に聞いてみるかな？　まぁこの間の伝書魔法の返事、その時間差を考えるとコリンがそろそろ王都に着く頃だろうし、シルメス殿との話は少し落ち着いてからでいいや）」

明確な敵。開戦派を騙る魔族組織。その組織の幹部。アルが冗談交じりで考えていた、所謂四天王的な存在。決して四人だけと言うわけでもないが、その内の一つの存在が、いつの間に虚無へ還ったことなど……彼は知る由もない。シグネたちの杜撰さや間抜けさも。

誰も知らないまま。

第十二話　これから

アルは考えていた。ゲームで描かれていたヒト族と魔族の戦争。ソコを上手く切り抜けることができるならそれで良いと。どうせ個人の力で戦争を未然に防ぐことは無理。ただ、薄いゲームストーリーの知識で、被害を軽減するために事前に嫌がらせくらいは可能かも知れない。まずはその程度の覚悟。

そして、戦争に突入して、戦線への参加を強いられれば〈貴族に連なる者〉として義務は果たす。ただ、本当にどうしようもなくなれば、主人公たちの健闘を祈りながらファルコナー領へ戻るつもりでもあった。あくまで最終手段ではあるが。

昨今の西方地域はそうでもないが、他の辺境地域は王国から生活資源の支援がないと戦線や民の生活を維持するのが難しい。

特に南方。

大森林は高純度の魔石が採れるが、それらを魔道具に活用できるように加工する技術職をはじめ、魔石需要が高いのは王都をはじめとした各都市部。

いわば南方辺境地はヒト族の生活圏を守るというだけではなく、魔石の産出という一次産業の担い手ともなっている。魔道具を含め、自給自足が完全に成立している領は南方には少ない。どうしても魔石と他の生活物資との取引が必要。つまり、王都の疲弊がそのまま辺境地の生活を締め付けるとも言える。逆もまた然りだが……。

　ファルコナー領は、アルがこの世界に生まれた時から過ごした場所。故郷であることに違いはない。在りし日の場所。当然のことながら、そこに住む人々が苦しむ姿は見たくはない。アル自身にも〈貴族に連なる者〉としての矜持や義務感はある。力無き者を援ける。……ファルコナーの領民たちが、力無き者かはアルにも疑問だが。

　学院に来て、主人公たちがこの世界の独自設定を持つことを知った。その上で、彼等の周囲はガッチリと権力者たちが固めている。この辺りはアルが心配することもない。このまますくすくと、ラスボスを倒せる力を育ててもらいたいと思っている。

『託宣の神子』だとか『使徒』だとか。この世界の独自設定と流れがあることはアルも理解しているが……では、自分は一体何を求められているのか？

　よく分からないままに『使徒』であると認定されているらしい。実際、アル自身もイベントらしきモノとの遭遇率から、漠然と何らかの役割を課せられている気もしていたが……。

「(……だからと言って、特別な〝強制力〟的なモノは感じないんだよな。クレア殿がどう言うかは知らんけど、このままふらりとファルコナーへ戻っても、女神エリノーラの神罰が下るとも思えない。何だろう？　適当に〝素材〟は与えるけど、後はお前らで勝手にしろ……とか？　そんな放任主義的な匂いがするんだよな。まぁ、この世界で女神の存在を身近に感じたのは、初めて主人公《ダリル殿》たちを視た時くらいだしな。女神に対して特別に何を思うこともない。ただ、この世界の女神は頻繁にアレしろコレしろと言わないのは確かだろうな)」

いつもの如く一人で黙々と考えごとをしていると、ふと、何者かがゆったりと、それでいて滑るように室内へ入って来る気配を感じる。

「……はは。アル様。相変わらず難しいことを考えているようですね」

コリン。

ファルコナー領都の屋敷付の使用人。馬丁見習いとしてファルコナー家に仕えている者。

事前に気配は察知しており、彼の登場にアルが動じることもない。ただ、内心ではかなり喜んでいる。

「久しぶりだな。コリン。元気そうで何よりだ。お互いに命がある状況で再会できたことが嬉しいよ。それにしても、思っていたよりも早いね。伝書魔法の返事が少し前に届いたところだったのに……ってか、何で手紙なんだよ。魔法で返信すれば良いだろうに。領都にも伝書魔法屋はあっただろ？」

「いやぁアル様。その領都の伝書屋に魔法を依頼しに行ったら『王都へ向かうなら配達人の護衛をして欲しい』と頼まれて一緒に王都へ向かうことになりましてね。アル様だって、クラーラ様が反対するはずもないと踏んでのことでしょう？　だったら伝書魔法で金を使うより、手紙の配達で良いかなと。それにしても流石はプロの仕事。途中で別れましたが、それでも配達人の方が数日も早く到着していたみたいですね」

アルは少し前に伝書魔法という、伝書鳩の魔法版のようなモノをファルコナーに向けて飛ばすように依頼していた。その内容もシンプル。王都での活動をコリンに手伝って欲しい。……と、それだけ。

メッセージを受け取った、領政を取り仕切るアルの母クラーラはその場で即決。コリンの王都行きが決まる。何をするのか、詳しい活動内容を知らないままにだ。

これまた即座にまとまった金を持たされてコリンは王都へ旅立つ。

そして今に至る。

「それで……王都到着後、ここに来るまでの道すがらに物騒な御令嬢に張り付かれましたが……彼女はアル様が？」

「はは。良いね。やはりコリンはヴェーラに気付いたか。コレで彼女も納得するだろ」

心配事が一つ。ヴェーラ。少し前のギルド襲撃未遂を経て、彼女はこれまで以上にサイラスたちの身の危険に敏感になった。いや、なってしまった。

この度、コリンを呼んでギルドのことを手伝ってもらう算段だったが、『それなりに戦える人材でないと不安がある』……と、珍しくもヴェーラがアルに意見した。

「つまり、俺はそのヴェーラ殿の御眼鏡には適ったので？」

「当然だろ。気配を消した彼女に気付く者は中々いないさ。……ヴェーラも別に本気で心配していたわけでもない。ただ、保護下にある子供たちを自分以外の者に任せるのが不安なんだ……ということで良い？」

開かれたままの扉。その横にはヴェーラ。当然ながら、コリンもその気配は感知していた。

コリン自身は前線の者ではなく、あくまで非魔道士の範疇。生活魔法を十全に操り、薄らと身体強化の魔法が使える程度だ。しかし、近距離の気配感知はアルやヴェーラに勝るとも劣らない。少し距離をおくとマナ量の加減からか、途端に精度が落ちることになるが。

「……申し訳ございません。試すような真似を……謝罪いたします」

「いいえ、別に気にはしていません。それどころか、貴女ほどの実力者に認められることこそ誉れというものです。あ、俺はコリンと申します。ただの平民で家名はありません。ファルコナー領では馬丁見習いでした。非才の身ですが、どうぞよろしくお願いいたします」

コリンは礼をする。貴族式のだ。ファルコナーでは、皆が皆、戦場を征く者という意味を込めて、平民も同じ礼を用いている。所謂ファルコナー式。

「私の名はヴェーラです。〈貴族に連なる者〉ではありますが、私も家名はありません。今はアル様の従者としてお傍に控えております」

ヴェーラは板に付いたコリンの礼に違和感を覚えることなく、同じく貴族式で礼を返す。

そして、お互いの礼が終わったタイミングで、もう良いだろうとばかりにアルが手を打つ。

「はいはい。自己紹介もできたし、とりあえずコリンは旅装を解け。荷物もあるだろう？　後の話は少し休んでからにしよう。この屋敷には他の面子もいるからな。皆が戻ってきてから紹介するよ」

お試しで稼働したギルドに、アルの馴染みであるコリンが増員となる。

「俺はこの『ギルド』にて、子供たちの世話係兼護衛ということで？」

「まぁざっくりと言うならそういうことだ。あとは、できれば年少の子たちにもファルコナー流のマナ制御を教えてやって欲しいかな」

リーダー格であるサイラスは酒場で働いているため、まだ戻ってはきていないが、その他のメンバーとコリンとの顔合わせが済み、改めてアルは彼にやってもらいたいことを説明する。

そして、これを機に託宣の神子、王家の影、使徒……今後に起こるだろう魔族との戦争についてもコリンに聞かせる。戦争云々についてはヴェーラも初耳のこと。

「……しかし、アル様がそんなことを考えていたとは……その〝予知夢〟？　……のようなモノは幼い頃からあったので？」

「あぁ。僕が視たのは予知というよりは、あくまでも一つの可能性というべきものかな？　そもそも僕の予知夢には『託宣の神子』なんて出てこない。重要な役割を果たす人物は同じだったけど。予知夢によると、近いうちに貴族間での争乱が起きる。それが落ち着いた頃に魔族たちの軍が東方の大峡谷を抜けて王国領土へ侵入。その際、東方の辺境貴族家のいくつかが魔族側と内通しており、王都付近まで一気に攻め上がって来る……と、まぁあくまでそんな可能性があるってところだ。当然現実の状況とは少し違っているし、全てが当て嵌まるわけでもないけどね」

アルは流石に前世のゲーム云々は省く。あくまで予知夢のようなモノだと。その予知夢通りに戦争が起こるなら、被害を少しくらいは減らしたいという望みがあると話す。そして、どうしてもダメなら最終的にはファルコナーへ撤収するとも。

内心はともかく、ヴェーラもコリンもアルの言葉を一旦は飲み込む。全てを信じるわけでもないが、この世界には女神の託宣や啓示なども時折見受けられる。その類ではないかと二人は自分を納得させている模様。

「……アル様。学院の入学手続きの際、ダリル殿やアダム殿下たちを張っていたのは、その予知夢によるものでしたか？」

「その通りだよ。お陰でヴェーラたちに気付かれた。《王家の影》と関わったことには不自由な面も多いけど、君を従者として迎えられたことは数少ない良い点だね。ありがとう。いつも助かっているよ」

さらりとヴェーラへの感謝を述べるアル。

伝えたいことはさっさと伝える。ファルコナー領ではそれが暑苦しい会話だとアルは思っていたが、王都に来てからは、『アレはアレでファルコナーの良い点だった』と認めて実践するようにもなった。

「……い、いえ。ご、ご迷惑もお掛けしていますので……過分なお言葉です……はい……」

だが、ヴェーラの方は未だに感謝や善意などを向けられることに慣れない。子供たちからの好意に対しても一時停止してしまう有様。まだまだぎこちない。

「……とまぁ、そんなわけでさ。このギルドを創ったのも、サイラスたちへの支援もあるけど、平民の間での不穏な空気なんかを察知するためなんだ。僕の予知夢に合致する出来事があれば動けるようにとね。実際に魔族側の間者も既に入ってきている……というか、ヒト族社会にも魔族に出自を持つ者は思ったよりも多いみたいだし。ただ……どうにも《王家の影》のクレア殿は僕の予知夢の内容すら知っていそうだし、実のところ彼女にこそ不穏な空気を感じていたりもするんだ。だから、《王家の影》に頼りっぱなしはマズい気もしている。あと、神子には少し接触したいけど、使徒云々については、目先で関われば対処するだけに止めるというところだね。とりあえず、これが今のところの僕の行動方針だ。サイラスたちはともかく、コリンとヴェーラには知っておいてもらいたくてね」

アルは語る。あくまでも戦争の被害軽減が優先だと。女神関連にはあまり首を突っ込まない。そこは主人公たちの出番だと割り切る。そもそもあの黒いマナを注視するのは良いが、それを操る〝敵〟とはそう何度もやり合いたくもない。そして、黒いマナの使い手たち……その先にはクレアの姿もチラつく。正規ルートにはいなかった存在。

「ま、俺はアル様に従うのみです」

「……私も同じく。仮にクレア様や《王家の影》が相手となっても、私はアル様の傍らに立つでしょう」

二人が首肯する。アルも二人から反対意見が出るなどとは思っていないが、丸っきり全てを信じてもらえるとも思っていない。あくまで確認作業のようなもの。

「金の面でも《王家の影》には世話になっているけど、別に切られても問題はないしね。コリンが追加の資金を持って来てくれたし。まぁそういうことでこれからも改めてよろしく」

アルは気軽に考えていた。

今回、〝敵〟の存在を知ることになったが、自分が関わることはそうないだろうと。

ゲームとしてはまだまだ序盤。アダム殿下とアリエル嬢の婚約の解消すらなされていない時期。

ここから主人公たちは幾多の事件を通じてアダム殿下とも知己を得ていく展開となっていたが、それはあくまでゲームの正規ルートでの展開。

アルの中には『ゲームとこの世界は違うモノ』という考えが定着しつつあるも、やはりどこかでゲームの方を意識したまま。

ゲームストーリーとの違いはもはや決定的。

本来は死んでいた者が生き残っていたり、争乱の陰に潜む敵として後半に描かれていた者たちの姿を、序盤である今の時点で垣間見たり、そんな敵の一人が呆気なく早々に退場していたり。

そして、主要な登場キャラであってもストーリー通りに動くとも限らない。

それはダリルとセシリー。『託宣の神子』でありゲームの主人公である二人もだ。

アルは《王家の影》から情報をもらうだけではなく、自ら情報を得るために、これまではやんわりと避けていたダリルたちとの接触も考えている。

都貴族であるセリアンやコンラッド、神聖術使いのシルメス、魔族であるヴィンス……という面々とも顔繋ぎはできた。

主人公周りの情報くらいなら何とかなるだろうという軽率な考え。

主人公たちと接触することで、更にゲームストーリーから乖離していくことをアルは知らない。

この世界において正真正銘の異物は自分であるという自覚は……アルにはまだない。

断章 第弐話 ファルコナーの日々～戦士として～

アルバート・ファルコナー五歳。魔境である大森林に接するファルコナー男爵家の子。

この世界に生まれ落ちた時から自意識を持ち、前世の記憶……平和な日本で暮らしていた一人の男の記憶まで持ち合わせていた。そのため、アドバンテージ的に他の子よりも聡明であり、幼児でありながらも色々と考えることも多かった。

ただ、結局のところは、だからどうした？　……というだけのこと。

異世界転生のお約束なチートもない。いや、正確にはある程度の知識チートなら可能だったかも知れないが、誰にも求められなかった。大森林においては、魔物と戦うということが最優先。

つまり、アルは異世界へ転生したが、周囲からは『幼児にしてはマナの扱いが巧い』という……それだけの評価しかされなかった。

アル自身、チートはなくとも、前世の記憶を持ったままの異世界転生であるためか、どこかで自分は特別だという思いを抱いてはいた。だが、ある時を境に彼はそんな温い特別感は霧散した。

「あ……あ……」

マクブライン王国において、最凶の魔境と名高い大森林。

昆虫型の魔物たち。

生きる、食う、繁殖する……という生物としての基本プログラム。ソレを極限まで無駄を削って先鋭化させたかのような……そんな存在。

アルは思った。

前世？　異世界転生？　チート？

無駄。全て。

大森林の魔物の前には、そのどれもが無意味。必要なのはただただ戦う力のみ。

大蟷螂。本来は大森林の深部域が生息域と言われている、名の通り巨大な蟷螂。巨体に見合ったその巨大な二つ複眼と、複眼の間にある三つの単眼を前にして、真正面から逃れられる生物は少ない。嘘か真か、時には自身よりも巨大な龍すら捕食するという。

「アルッ‼　逃げなッ！　私がアンタを守る！　力無き者を守るのが戦士だ……ッ！」

小さな戦士が立つ。既に大きな戦士はいない。五人いた戦士は全員殺られた。

大森林の浅い領域での不意の遭遇戦となってしまい、時間を稼ぐことも……雑用係であるアルとシャノンを逃がすことすらままならなかった。しかも、その内の一人……の肉体は、現在進行形で大蟷螂に捕食されている最中だ。ぐちゃぐちゃと聞きたくもない不快な音が響いている。

「(こ、これが大蟷螂……深部域の魔物……こ、こんな化け物……いくら戦士だからといって、勝てるわけが……ない……)」

今のアルにはシャノンの声など聞こえない。聞きたくもない大蟷螂の咀嚼音だけが耳に響く。見たくもないのに、大蟷螂の一挙手一投足から目が離せない。

「アルッ‼　動くんだよッ！　逃げるんだッ‼」

「え？　あ、あえ？　シ、シャノン……？」

逃げる？　どこへ？　どうやって？　この大蟷螂から？　大森林の中を？　……無理に決まっているじゃないか。シャノンはやっぱり子供だなぁ……と、現実逃避なのか、冷静さ故なのか、よく分からない思考がアルの中を巡る。

そんなアルの姿を見て、シャノンは諦めた。言葉で伝えるのを。ただただ行動で示すのみ。戦士は……力有る者は力無き者を援ける。守る。戦うというのは、そのための手段に過ぎないのだから。

シャノン・オグバーン。ファルコナー私兵団の戦士長の一人、リネット・オグバーンの娘。雑用係。八歳の子供。今、彼女は一人の戦士として、戦士が五人掛かりでも勝てない相手に立ち向かう。彼女の勝負は単純明快。アルが生き延びれば勝ち。力無き者を守る。ただそれだけ。流石にこの状況で自らが生きて帰れるとは思っていない。

「（……やってやる。ここで戦わずして何が戦士だッ‼）」

恐怖に飲まれそうになる心を叱咤し、シャノンはマナを鎮める。ファルコナーの臨戦態勢。瞳から光が消える。虚ろ。静寂なる虚無を纏い、食事中の大蟷螂の後背へと回り込む。

当然、その未熟な技は大蟷螂にはバレバレ。だが、彼女はそれも承知の上。大蟷螂が防御反応を見せないギリギリの間合いを見極め、止まる。

「(……あれ？　シャノン？　何でそんなところに？　危ないのに……どうせあの戦士を喰い終わったら、僕らの番だ。待ってれば良いだけなのになぁ……？)」

混乱を通り過ぎ、既にアルは静かな錯乱状態。それはあまりにも明確な〝死〟を前にした際の心の防御機能なのかも知れない。どうしようもなく、その場の状況と噛み合わないまま。逃げるという選択肢すら今のアルにはない。考えられない。

状況が動く。アルの現実逃避を考慮せず、シャノンは自分にできることをする。せめて、少しでも時間を稼ぐ。自分の死に様を見てアルが正気に戻れば御の字。逃げて欲しいと願いを込めて……シャノンは仕掛ける。

「(……はぁぁッ‼)」

その小さな体躯を更に低くして、地を這うように食事中の大蟷螂の背後から迫る。

そして、当然の結果だけが残る。

蟷螂という昆虫は、基本的に動く者を獲物として認識し、動かないモノは獲物として認識しない・できないという話だ。ただ、大森林の大蟷螂はマナの有無で獲物を認識する。いくらマナを鎮めたファルコナー流を用いても、シャノンの動きは捕食すべき獲物として既に認識されている。

片方の鎌が、地を這うシャノンを正確に捕捉している。

片足が斬り飛ばされる。いっそ呆気ないほどに。いや、むしろ、大蟷螂の一撃を受けて命を繋いだだけで奇跡か。

「（……ここだッ‼）」

シャノンは自らの五体の一部が宙を舞っても呻き声一つ上げない。虚ろな瞳のままに、バランスを崩しながらも大蟷螂に向けて突っ込んでいく。一撃を放つ。

ただ……それだけ。それが小さな戦士の限界。勝てるはずもない。一矢報いることすらできない。

シャノンの決死の一撃を大蟷螂は躱す。あっさりと。ただ、一撃で命を刈れなかったのが予想外の展開だったのか、大蟷螂は大袈裟なほどに距離を取る。比較するのも馬鹿らしいほどに差のある獲物に対しても油断はしない。そもそも昆虫どもに油断するという機能はないのかも知れない。

一撃を躱され、勢い余ってその場に突っ伏すシャノン。彼女のターンは終わり。流石にもう動けない。出血も多い。起き上がることもできない。

果たしてそのような機能なり感覚があるかは不明だが、大蟷螂はそんなシャノンの様子を冷静に観察している。後は動けない獲物を喰うのみ。

当然にその様子をアルは見ている。見ていることしかできない。

「あ……シャノン？　し、死ぬ……？　僕も……？」

茫然自失。錯乱状態のままのアル。ただ、彼の心の奥底から中から何かが込み上げてくる。

絡み合った何かではあるが、その内の大部分を占めるのは……怒り。

こんな魔境で生活することになった運命とやらへの怒り。

まさに化け物である大蟷螂への怒り。

何もできない弱い自分への怒り。

そして、そんな自分を守ろうとして、死の淵にいるシャノンに対しての怒り。

「あ……い、嫌だ……嫌だ‼　な、何でこんなところで死ななきゃならないんだッ⁉　シャノンもシャノンだ‼　戦士になるんじゃなかったのかよッ⁉　何でこんなところで死のうとしてるんだッ‼」

アルは怒る。理不尽な現実に対して。ただ、現実は変わらない。そう都合よく動いてくれない。嫌だ嫌だと嘆くだけでは何も変わりはしない。

「や、やってやるッ‼　どうせ死ぬにしてもだッ‼　この虫ケラめッ‼　バカヤローッ‼」

一歩を踏み出した。彼に自覚はないが、真理に気付いたのだ。理不尽な現実を変えるには、まず自らが動かなくてはならないと。そして、仮にどれほどの情や怒りがあろうとも、力が無ければ何もできないという……冷たい現実にも気付くことになった。そして、彼の記憶はそこで途切れた。シャットダウン。


アルバート・ファルコナーとシャノン・オグバーン。ある時、雑用係として属していた班が、深部域の大蟷螂と遭遇。引率の戦士たちは皆死んだ。……だが、二人は生き延びた。

異常を察知して駆け付けたのは領主たるブライアン・ファルコナー。彼は駆け付けた勢いそのままに大蟷螂を一刀のもとに両断した。その時には、シャノンは片足を失うという重傷を負っており、アルはそれよりも酷い状況。瀕死の状態だったという。その場で何があったのかは不明。いや、ブライアンは気付いていたが、彼がこの件で口を開くことはなかった。

　ブライアンは即座に二人を抱えて領都へと戻り、二人は治療を受けることになる。残念ながら、当時のファルコナー領には高位の神聖術……再生魔法を扱える者がいなかったため、シャノンの右足は失ったままとなる。義足を調整して、まずはまとも歩けるようになるのを目指すことになり……こうして、彼女の戦士としての未来は閉ざされた。

　そして、周りからはアルも同じだろうと思われていた。彼はシャノンよりも酷い状態。辛うじて五体満足ではあるが、大蟷螂にやられた外傷に加え、内臓の損傷も見られた。外も中もボロボロの状態。しかも、何故か彼自身のマナが乱れに乱れており、治癒術なり神聖術の効き目が薄いという状況も重なった。アルの治療は先行きがよろしくなかったのだという。

　シャノンは治療の甲斐もあって、二日ほどで意識も戻り、一週間が経過する頃には起き上がることもできた。治癒魔法様々だ。しかし、アルの方は十日以上も意識が戻らず、意識が戻った後も外部の刺激に反応が薄く、ぼんやりとしたまま。声かけに首を振るなどの反応があるのみ。自発的な意思表示は中々戻らなかった。

「お館様よ。アル様はどうなるでしょうかのう？」

「さてな。まぁ命があるだけマシという状況だったからな。日常生活がまともに送れるようになるだけでも幸福かも知れん。一応、今も声かけには反応はしているんだろ？」

　ファルコナー男爵であるブライアンと領政のご意見番的なホブス老が語り合っている。

「ええ。治療院の者の話では、促せば歩いたりすることは問題ないようですが……さて、お館様よ。あの症状……アル様は……〝至った〟のですかな？」

「……ホブス老。それは言わぬが華よ。期待するな。アルは今回の件で、その生涯に渡っての力を前借りしたようなものだ。あの幼子の身体で……耐えられるものではない」

何かしらの不穏な会話。ブライアンもホブス老も、アルの身に起こったことを把握している。

そして、その結果も。今の状態ですら御の字というところか。

「シャノンもですが、アル様も……将来有望な戦士を失うのは辛いところですな」

「悲観することもない。シャノンはアルを守り、アルはシャノンを守った。それは誇るべきことよ。二人は間違いなくファルコナーの戦士だ。そして、これからの二人を守るのが我等の役目だろう？」

「ほほ。確かに確かに。とりあえず、アル様の治療なり訓練なりはわしに任せて下され」

ただ、二人の予想は外れる。

半年以上後のことではあるが、アルに明確な意識が戻ることになる。


まだ歩くのにも違和感がある。こつ、こつ……とリズミカルに音を立てて順調なのは、ほんの少しの距離だけ。シャノン。彼女の膝付近から下は木製の杖のような形状。義足。

日常的な立ち座り程度は問題ない。〝普通〟に歩くのも大丈夫ではある。だが、彼女が求めるのはただ歩くだけではない。シャノンが目指すのは戦いの歩法。足運び。

当たり前に彼女も理解はしている。自らがファルコナーの戦士として任につくことはない。それでも……彼女は戦うことを目指している。それは彼女にとっては当たり前のこと。そして、領民皆戦士というのがファルコナーの気質でもあるため、誰もそんなシャノンのことを不思議にも思わない。

ただ一人を除いては。

「……シャノン。あんな目に遭っても……右足を失っても戦うことを望むの？」

アル。ほんの数日前、彼には明確な意識が戻って来た。いつもぼんやりとして、声かけに反応するだけの状態から帰還した。もっとも、彼の記憶は混濁し、抜け落ちた部分も多い。まず、自分がどうなったのか、何があったのかも覚えていなかった。

「はは。アル。あんたは相変わらずだね。戦うことを望むと言われても……そんなの当たり前だとしか言えないよ」

「……でも、もう戦士にはなれないでしょ？」

「違うよ、アル。確かに私はもうファルコナーの戦士として大森林に赴くことはない。でも、もし領都が昆虫どもに襲われた時は戦うよ。自分の身を守るために。そして、私よりも弱い者を守るためにね。ほら、言ってたでしょ？　力有る者は力無き者を守るんだ。それは、戦士じゃないから知らないとはならないよ」

口調は優しい。まるで幼子に言い聞かせるような戦士の物言い。シャノンの瞳には強い意志の光が煌めいている。

「……シャノンは戦士だよ。僕はまだファルコナーには馴染めない。でも、シャノンが戦士なのは分かる。少しだけ覚えているんだ。あの大蟷螂に立ち向かっていったシャノンの姿を……」

アルの記憶に残っていることは少ない。駆け付けたブライアンが何とかしてくれたというのは聞いたが、それ自体は覚えていない。ただ、シャノンが彼を守ろうとしたことだけは覚えている。敵わない相手に、命を棄てて時間稼ぎをしようとした、小さくも大きな戦士の姿を。

成長したアルが、ファルコナーの日々をしみじみと振り返る機会はそれほどにない。基本的にファルコナーの戦士は〝今〟をどう生き延びるかというのが主だ。過去を振り返るというのは、生き延びるための経験則を思い返すことであり、単に過去に思いを馳せたり、他者に語ったりすることはあまりない。ただ、その少ない機会にいつも彼は思うのだ。ここが分水嶺だったと。

お互いに重傷を負い、戦士の道が閉ざされた。しかし、実はアルは認識していたのだ。

「(……まだ身体はぎこちない。でも、たぶん僕は戦士として戦える。何故かそれが理解できる。周りの皆は僕が戦えるようになるとは思っていない。このまま黙っていれば……戦士以外の道を歩むことができる。魔物と切り結ぶ必要もない。危険があるとはいえ、確実に大森林より安全が約束された街で仕事をして暮らすことができる……はは。まさかだ。シャノンを前にして、僕はそんな真似はできない……‼)」

こうして幼いアルは……戦士としての道を選ぶことになる。

シャノンに恥じない戦士になると……。

「……それがアル様の原点だと？」

「ああ、そうだよ。たぶん、僕はシャノンとのやり取りの中で、真の意味で〝戦士〟になったんだ。単純な強い弱いではなく、力有る者は力無き者を援けるという……当たり前を胸に刻んだんだよ」

アルとヴェーラ。狂戦士とその従者。二人が歩いている。その道すがらでの語らい。軽装ではあるが、明らかに旅装。二人だけの道行き。

いつの頃か。どこに向かっているのか。それは分からない。だが、二人の表情《かお》は柔らかい。

「どうでしょうか？　アル様はシャノンさんに恥じない戦士になれましたか？」

「はは。実はこの話にはまだ続きがあってさ。僕はまだ、まともにシャノンには勝てないままなんだよ。彼女は戦士ではないけど、同年代では一番の強さを誇っているんだ。性根としては彼女に恥じない戦士になったと言えなくはないけど、実力ではまだシャノンに及ばないね」

軽く笑い飛ばすアル。ただ、聞いているヴェーラは意味が分からない。狂戦士たる主を凌駕するなどと……。

「し、しかし、シャノンさんは隻脚だと……？　再生魔法ですか？」

「まさか。一度治癒した以上、再生魔法は効果を発揮しないさ。シャノンは隻脚のまま。右足が義足のままでムチャクチャ強いんだよ。いっそ笑えるくらいにね。ファルコナー領において、戦士でもない街娘が〝暴風〟なんて二つ名を持っているほどだからさ」

「は、はぁ……ファルコナー領というのは……その、何と言うか……凄いところですね……」

アルの語った内容は事実。シャノンは義足となってからも研鑽を積み、戦士ではないが戦士よりも強いというわけの分からない存在になっていたりする。それも、マクブライン王国でも最凶の魔境と隣接するファルコナー領においてだ。シャノンは生粋の戦士たちも舌を巻くほどの強さを手にしていた。

「じゃあ、せっかくだし、次はヴェーラの話を聞かせてよ？　ま、話したくないなら構わないけど……」

「ふふ。構いません。少々苦いモノがありますが、今では過去は過去だと飲み込めましたから……」

自然な微笑みのヴェーラが語り出す。次は己の話を。

狂戦士と従者が征く。どこへ向かっているにせよ、その先には戦いがある。確実なこと。それは、〝物語〟に決着をつけるための戦いだ。

〝物語〟がどのような結末を迎えるのか、彼等が辿り着く先がどのような場所になるのか……まだ定かではない。

ノベルス

狂《きょう》戦《せん》士《し》なモブ、無《む》自《じ》覚《かく》に本《ほん》編《ぺん》を破《は》壊《かい》する②

2023年3月1日　第1刷発行

著　者　なるのるな

発行者　島野浩二

発行所　株式会社双葉社

〒162-8540　東京都新宿区東五軒町3番28号

［電話］03-5261-4818（営業）　03-5261-4851（編集）

http://www.futabasha.co.jp/（双葉社の書籍・コミック・ムックが買えます）

印刷・製本所　三晃印刷株式会社

［電話］03-5261-4822（製作部）

ISBN 978-4-575-24609-4 C0093　